U0519591

好好过

李若彤 著

天地出版社 | TIANDI PRESS

图书在版编目（CIP）数据

好好过 / 李若彤著. —成都：天地出版社，2021.1
ISBN 978-7-5455-6158-6

Ⅰ.①好… Ⅱ.①李… Ⅲ.①随笔—作品集—中国—
当代 Ⅳ.①I267.1

中国版本图书馆CIP数据核字（2020）第228899号

HAO HAO GUO

好好过

出 品 人	杨　政
作　　者	李若彤
责任编辑	王　絮　高　晶
装帧设计	创研设
责任印制	葛红梅

出版发行	天地出版社
	（成都市槐树街2号　邮政编码：610014）
	（北京市方庄芳群园3区3号　邮政编码：100078）
网　　址	http://www.tiandiph.com
电子邮箱	tianditg@163.com
经　　销	新华文轩出版传媒股份有限公司

印　　刷	北京文昌阁彩色印刷有限责任公司
版　　次	2021年1月第1版
印　　次	2021年1月第1次印刷
开　　本	880mm×1230mm　1/32
印　　张	8.75
字　　数	170千字
定　　价	58.00元
书　　号	ISBN 978-7-5455-6158-6

版权所有◆违者必究

咨询电话：(028) 87734639（总编室）
购书热线：(010) 67693207（营销中心）

如有印装错误，请与本社联系调换

献给看着我成长的人

曾经认识我的人和刚认识我的人

我们都要好好过

01　1973 年，家门口。若彤在六哥所读小学门前拍照留念

02
———
03

02　1980 年，中学学校礼堂，若彤代表班级领奖

03　1982 年，中学学校礼堂，班级在英文辩论比赛中获得冠军。若彤
　　作为三个代表之一上台领奖

04
———
05

04、05　　1988 年，若彤在航空公司担任空姐

06   1989 年，航空公司航班短暂停留，若彤在意大利罗马竞技场

07 1989 年，电影《浪漫杀手自由人》拍摄现场。若彤于香港拍
摄场地完成了人生的第一场戏

08 1989 年，在伦敦，客串电影《浪漫杀手自由人》，若彤和王
祖贤演对手戏

09 1989 年，在伦敦，若彤和王祖贤合照留念

11　1993 年，独立生活的第一个家，若彤和小狗囡囡

12   1994 年，香港赤柱沙滩，若彤和小狗囡囡

13

13　1993年，宁夏银川，若彤拍摄电影《火烧红莲寺》

15   1994 年，若彤拍摄电影《青春火花》

16 　　1994 年，拍摄电影《无味神探》，若彤与刘青云合影留念

17

17   1995 年，TVB（香港电视广播有限公司）清水湾电视城。除了进场
      拍摄，若彤最常在化妆间内休息

18   1996 年，无论拍摄电影还是电视剧，若彤不管在什么地方躺下便休息

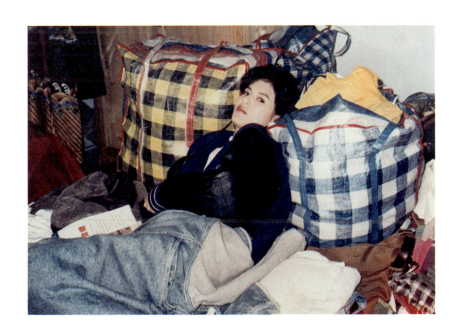

19　2000 年，浙江横店，若彤拍摄电视剧《杨门女将》
20　2000 年，《杨门女将》拍摄现场，若彤在工作人员的协助下吊威亚

21
————————
22

23   2010 年，家中，若彤和 7 个月大的筠筠
24   2010 年，家中，若彤和一岁大的筠筠

23
———
24

25　2019 年，《神雕侠侣》剧组台前幕后相聚，若彤与古天乐合照

26 2019 年，在海南出席海南岛国际电影节，若彤和任达华一同走红毯

27 2019 年，为新书《好好过》整理资料，若彤找到了在伦敦拍摄电影《浪漫杀手自由人》时，任达华送给她的亲笔签名照片

28 2019 年，在自己家阳台上拍摄的一张健身照，若彤第一次展示马甲线，
在互联网上引起很大反响

29 | 30
   | 31

29、30、31　2019 年，北京，若彤和妈妈合影留念

32   2020 年，受节目组邀约演唱《天龙八部》主题曲，若彤与陈浩民于后台合影留念

33　　2020 年，无锡拈花湾，若彤为新书《好好过》拍摄写真

34、35　　2020 年，无锡拈花湾，若彤为新书《好好过》拍摄写真

Velvet Delphinium

目录 | contents

活 自 己

戏 梦 里

恋 人 啊

少 年 时

我们

都要好好过

李智彤

好好过
这种力量

收到李若彤邀请，为她的新书写序言，我当然十分乐意。

回想起 1995 年，和她合作演出金庸老师的武侠经典《神雕侠侣》，我和她分饰杨过和小龙女而受到瞩目，原来不知不觉已是二十五年前的事了。当年合作的经历真是令人回味。

今天，她将要推出新书和大家分享感受，作为朋友的我也是充满期待。

书名是很有意思的《好好过》，内容是透过分享她自己的生活经历，去鼓励年轻人在遇到困难时，也要有信心和方法安然度过。

我认为，只要抱着这种态度，人生总会有意想不到的邂逅与发现。

这种态度会成为一种力量，不断改变自己，令自己成长，懂得在生活上找寻更多可能性，产生对生活的热情，逐步培养出智慧去处理世事，许多原本令我们觉得模糊不清的事，也可以拨开云雾见青天，看得见明确的眼前路，有了目标就会产生更大的好奇心，促使自己行动，发挥自己所长。

无论日子如何，正如这本书的书名一样，我们都要尽力令自己和身边重要的人，一起好好过。

古天乐

2020 年

活自己

亲爱的你：

很感恩，父母把我生下来。

很愧疚，曾让他们担惊受怕。

很欣慰，多年以后，妈妈终于理解我的选择——如果上天送我一个外表光泽无瑕，内里却是腐烂不堪的苹果，我情愿两手空空，什么也没有。

很感谢，感谢无论经历任何难过失意，我都没有寄托于一些不良习惯。

很感激，感激自己爱上了健身，才能保持现在的健康体魄。

很庆幸，对于恶意无理的批评，仍能自嘲一番，不为此烦恼。

…… ……

我很开心，也很自在。

接受了自己以往的一切决定，不再责怪自己。

学会懂得好好爱自己，不强求，不为一些没有拥有的人和事而叹息。

若彤

别等到来不及

2019 年，因为一档综艺节目的邀约，我和妈妈一起去了北京，严格意义上说，是半工作半旅行。撇开工作，这段旅行对我而言另有意义。

我曾与爸爸妈妈有过一个约定：带他们去北京旅行。

那是十年前的事了。当时父母已经年迈，为了能够多陪伴他们一些时间，我刻意减少了很多工作。

爸爸八十岁生日那天，我组织了一场生日会。

我出生在一个大家庭，兄弟姐妹十个。那天，连带着各自的小家庭来计算，共计四十余人，坐了足足四桌。为显得喜庆，家人们都身穿带有红色元素的衣服，我也特地给爸爸买了一件，还准备了许多礼物。一家人喜气洋洋地在餐厅里为他庆祝八十大寿。

除却吃饭，流程还有抽奖、玩游戏等，当时我特地请人将这些画面拍摄下来，算作纪念。家人团聚，儿孙满堂，一片热闹。

让人意料不到的是，一周之后，爸爸中风，住进了医院。

那一段时间，我非常自责，一直都在想我们中国的那句老话"受之不起"。如果我没有为爸爸举办这个生日会，而是非常低调地给他过一个生日，是不是就不会有这样的意外发生了？

人生没有如果的事，有的只是既已发生。于是那个一起去北京旅行的约定也就成了约定，没有办法去兑现。

002

爸爸生病之后，我推掉了更多工作。

在别人看来，丢掉的是工作的机会；但在我这里，只有一个想法，爸爸生病，照顾他是我的责任。而且，我很怕再有什么事情发生，自己却没有在家人身边。

那时候妈妈常说："让你放弃这么多机会，真是对不住。"我安慰她："没关系，没关系。"

是真的没关系，我能来到世上，全要感谢他们。工作机会可以没有，在我心中，家人永远占据第一位。

一年后的八月，爸爸去世。

我的生日也在八月。所以，后来的很多年，我都选择了不过生日。在愉悦和悲伤之间，悲伤是被放大的那一个。

而北京，就此成了一个伤心地。能不去，我都会尽量选择不去。

人生处于低潮的时候，很多事情是顾及不到的。那时我一味伤心，最常想的是，我是一个没有爸爸的人了。陷入低谷时，似乎也比较容易情绪化一些。

那时候姐姐一直都在安慰我，她跟我讲："其实你完全没必要自责，也不要有这样的心理。你想，爸爸中风时已经八十岁了，他那时已经有身体不好的征兆了。他去世，只是早晚的事。而且，你给他办生日会，我相信他是开心的。对一个老人而言，儿孙满堂，是值得高兴的事。他那天的表现你也一定感觉到了，他是高兴的，他肯定会永远记得那一幕。试想，如果你没有给他办那场生日会，可能他这辈子都不会再有这样的机会了。所以，对爸爸来说，这件事是完满的。"

不苛责自己，是姐姐教会我的事。后来，我终于想通了，确实，那场生日会无论于他、于我、于家人，都是珍贵的回忆，且是我们共同度过的。

003

1993 年，那时候我已经从家里搬了出来，在外面租房子住，租的是一栋三层村屋的其中一间。虽说少了家人陪伴，但还好，平日里有一只名叫囡囡的小狗陪着我，于是倒也不觉得寂寞。

拍《神雕侠侣》的时候，因为大部分时间我都得在剧组里待着，所以只能将囡囡暂时放在爸妈家里寄养。

以前家中孩子多，从未养过宠物。多年习惯的缘故，爸爸起初表现得有些不满，甚至责怪妈妈带了一只狗回来，那么小，又要照顾得十分精细。

"你爸爸就是这样，遛狗的时候，他还不是要抢着去？"妈妈说。

有天难得是休息日，于是我便将囡囡接回了自己的住处，刚把囡囡带回房间里，我忽然又想起来有些东西落在了车上，于是只能再起身下楼，去停在村屋门口的车子上找寻。出乎意料的是，在我没注意的情况下，囡囡竟然跟在我的身后，与我一起下了楼。结果就是，等我再折身回到住处时，才发现囡囡已然不知去向了。

一时之间，我有些慌了，顾不得再做其他事，即刻开始找囡囡。我将村屋的楼上楼下找了个遍，又到门口四处找寻，逢人就问，然而，囡囡就如同人间蒸发了一样。

第二天，结束了剧组的拍摄工作，我第一时间便回家了，心里只想着一件事：我一定要找到囡囡。

我趴在桌子上，拿着笔在纸上写了无数的寻狗启示：小狗囡囡，意外走丢，如有人知道线索，请与我联络，愿付 2000 元作为酬金。具体写了多少张，我早记不仔细了，只记得当时整个村子的每个角落几乎都被我贴满了。

寻狗启示张贴的第一周，我并未收到一通电话。于是，我又重新写了一些，并将酬金加到了 3000 元，心中默默祈祷着能接到一通电话。

平常在剧组的时候还好，因为我时刻都会提醒自己要保持入戏的状态，不能也不会被任何杂念所干扰，以免因为自己的问题为团队里的其他同事带来困扰。但是一旦结束当日工作，我从剧组回到家里，看到客厅里放着的空无一物的狗笼时，就会想起囡囡走丢的事，然后，便会忍不住为此伤心伤神。

尤其是，一想到以往下班回到家中，每次我人才走到门口，它就能凭借嗅觉和声音意识到是我回来了，而我推开门时，它已经跑到门口来迎接我了。

可惜伤心无用，换不回走丢的囡囡。

004

有天结束拍摄工作，回到家后，我和往常一样先到卧室换上了居家服，等我换好衣服走到客厅时，这才发现，囡囡竟然回来了，此刻，它和往常一样，正坐在狗笼里。我与它四目相对时，这才真正明白人们常说的那句"再见恍如隔世"。

囡囡十分乖巧，一声不吭，并未像以前那样急于跟我接触，就那么安安静静地看着我，那双眼里像是含着泪一样，而我，也终于没能控制住，直接哭了起来。

我向前一步，将狗笼打开，囡囡又变得和往常一样活泼，从笼子里出来后，就一直在我身旁蹦蹦跳跳。我看着它，觉得它可爱又可笑，还有些令人生气，我就那么蹲着，跟它说话："为什么你明明在这里，却不像以前那样给我点提示？"虽然我不清楚它是否能够听懂，但是它可爱至极。

当时已经是深夜了，而我急于想要得到一个答案，直接打电话给妈妈，妈妈接通后，我一直都在不停地问："为什么囡囡会在家里？你是怎么找到它的？"

待我情绪稍微平复了一些后，妈妈这才在电话那头告诉我："中午的时候，有一位太太打了电话过来，她问我是不是丢了狗，又是不是真的给 3000 元作酬金。"妈妈和那位太太约定了地点，这才将囡囡接了回来。

我仍未平复激动的心情，妈妈在电话那头温柔地说："我把囡囡接回来后，给它洗了个澡，原本打算把它放在家里，这样你爸爸和我能一起照顾它。但是我又想，你最近心里一直牵挂着囡囡，索性就把它送回到你那边，给你一个惊喜了。"

失而复得，有惊无险，的确是人生最大惊喜。而妈妈之所以这么做，大概是因为她深有体会。

005

之所以这么说，是因为小时候，日常都是妈妈在照顾我们，为此还闹出不少笑话来，常常刚给这个洗了澡又抱去再洗一次。平常得空，她也会带着我们出去游泳，有一次游泳结束，在餐厅吃完饭后，她就带着其他孩子回去了，不慎将我丢在了外面。等回去后，她才发现我不见了，这才急匆匆折回去找到了我。

那之后，每次出门也好，回家也好，妈妈都会清点一次人数。

有一次偶然聊起这件事，我问妈妈："为什么爸爸很少带我们出去玩？小时候总觉得他太严厉了。"

听我如此说，妈妈特别感慨，眼圈微微有些红："那时候家里那么多人等着吃饭，吃穿用度也都不少，他每天都想着怎么多赚点钱，哪有工夫来陪你们？你爸这个人，你还不了解吗？心直口快，刀子嘴豆腐心，就连疼你们的方式都跟别人不一样。"

忽然就想起来，妈妈年轻的时候，是个无辣不欢的人，爸爸刚好与她相反。每一次吃饭的时候，妈妈都会拿一个小碟子装满辣椒酱，而爸爸往往都会为此生气，甚至会指责几句。

是。这是我熟悉的他，不擅长说好听的话，也不会选择用迂回的方式来沟通，通常都是选择直截了当的方式。但他装着一颗好心，这点毋庸置疑。

只是他走了，此后我们再也听不到他的声音了。

006

爸爸临走前，连话都讲不出了，医生告诉我们虽然他无法讲话，但他的听力还是很好的。

我至今仍记得那个画面，爸爸躺在病床上，我贴在他耳边说："爸爸，如果真的有来生的话，我希望下辈子我们的身份转变一下，你来做我的儿女，我来照顾你一辈子。如果你不愿意，那我下辈子就继续做你的女儿。"我知道他听到了，因为他笑了一下。

我们总讲再见，但有些再见是没有机会的。

走了的那个人，自此都与我们不在同一个空间，只留下了无尽的回忆。这回忆是温暖的，但也是痛苦的，更多的是伤心。爸爸最初离开的那段时间，我完全无法接受这一事实，有时甚至会无端冲妈妈发脾气。妈妈没有为此苛责我，而是温柔地陪着我。那段艰难的日子，是我们一起度过的。

可我呢，因为无法接受这一事实，甚至连扫墓这样的事情都选择逃避。好像只要我不去扫墓，他就仍活在这世上未曾离开一样，仍是我记忆里的样子。可我只要一想到那个未曾兑现的承诺，就觉得这遗憾要伴随一生。

直到后来，有一天我终于想明白了，才接受了这一事实。同时，也意识到一件事。

爸爸走了，妈妈才是最伤心的那一个。她与他在一起生活，从相知相爱到相伴相守，共同养育子女，担起一个家；他们从青年一起走到中年，又到老年，那是她一生最爱。而失去他，她理应是最难过的那一个才对，可是她不能表露出太多，还要去顾及我的感受。是我忽略了她。

仔细想想，觉得那时候的自己挺可恨。尤其是一想到她说"我怎么会怪你"时，就更加自责。

007

十三四岁的时候，我家附近的一条街上有一个寺庙。

有一次，我一人去闲逛，看到了一本小册子。里面的内容很简单，总共也就八到十页。直至今天，有句话还一直刻在我的脑子里，那句话是：生前不孝顺，死后拜空坟。

爸爸走后，我时常会想起这段过往来，更加意识到，逝者已逝，活着的人不应该背负伤痛度过余生，我理应连带着把对爸爸的那一份爱，一同给妈妈，好让她不觉得孤单。

这么多年来，我有一个习惯，不管有事没事，基本上每天都要跟妈妈通一次电话。即便以前通信不如现在方便，人在外地或者剧组的时候，我也都要保证每隔几天就通一次电话。

最开始，妈妈不是很习惯，甚至还会问我："跟我打电话有什么事吗？"我笑笑说："没事就不能找你吗？"

到后来，她也就习惯了。往往我们通话都是闲话家常。而时间的长短，基本上从半个小时到两个小时不等，除非那天工作特别忙碌，我们才会缩减通话时间。

有一次在剧组拍摄完休息的时候，曾志伟就坐在我的身后。见我挂断电话之后，他才很八卦地问我："是跟男朋友打电话吗？"我解释说："是打给我妈妈。"他笑着说："哪有这么跟妈妈讲话的，语气情意绵绵的，很容易让人误解。"

他不知道，那是因为我想把所有的温柔都给妈妈。

008

人生足够漫长，但真正将那些经历过的事讲出来，似乎三言两语也就一笔带过了，于是，又显得极为短暂。

十年后的我，终于有勇气坦然地面对那些人生的失去了。清明节时，我去拜坟，这是我之前一直不敢、不想，也不愿去做的事。人生不是逃避就能解决问题，只有真正直面的时候，你才会发现原来心中的那个包袱已经不是包袱，反而成了自己变得更强大的动力，只想做得更好。

我们好像总有太多紧要的事需要去做，为梦想，为生活，于是永不停歇，忙忙碌碌，也因此失去了很多机会。在我失去的机会中，最紧要的就是对父母的陪伴。

总说很忙，总说日子还长，其实一通电话，一次团聚，又会占用多长时间？

别等到来不及。

我和筠筠

001

一天晚上，家中只有我和筠筠两个人。

当时我们坐在沙发上泡脚，筠筠突然歪着头，看着我说："姨妈，我知道你有两个宝贝，一个是外婆，一个是我。"

这点不假。爸爸走后，妈妈和筠筠是我生命中最珍贵的一部分。

于是我点点头，笑着对她说："对呀，没错。"

"那我和外婆，你到底疼谁多一些？"她又问。

眼前的筠筠不过十岁，已经学会问如此刁钻的问题了。

我对她讲："这个问题太难回答了。因为如果我说外婆最重要，你肯定会生气；相反，我说你最重要呢，外婆就要吃醋了。其实，对我而言，你们两个一样重要。"

说完，我摸摸她的脑袋，她却依旧不依不饶："好狡猾！其实你看，外婆又不在这里，你说了她也不知道！"像是鼓励我一样，她又说，"我答应你，不会告诉外婆的。"

看着她的样子，我当然知道，其实她就是想听我亲口说出，她最重要。但我没有回答，而是被她逗得伸出手抱着她，两人一起哈哈大笑起来。

那天起夜的时候，看她睡得正酣，在床上缩成小小的一团，不禁想起以前来。

那个时候，筠筠远比现在要小得多。

002

筠筠是妹妹的女儿，叫我姨妈。

妹妹还未生筠筠之前，早已做好打算。她是新女性，做不了家庭主妇，还是希望以事业为主。因此她一早就做了决定，待到筠筠出生之后，白天将她送至托儿所，以便有人能够仔细照顾；等下班之后，再接回来，享受母女相处时光。这样安排，既不耽误工作，又不影响母女感情。一切妥帖，只待执行。

只可惜，世上的事，并非总如人所愿。

筠筠比预产期提前出生近两个月。因为早产，筠筠出生时体重不足两公斤，身体状况一度非常不好。她在医院足足待了一个半月后，我们才接到医生说可以出院的通知。

妹妹的月子是在妈妈家中坐的，照顾她和筠筠的，是我和另外两个姐姐。筠筠是早产儿，一切都不能怠慢，需得精细；同样，妹妹刚生了孩子，元气大伤，也不可忽视。于是，从照顾筠筠洗澡，到起夜喂奶，再到其他一切琐事，都落到了我和两个姐姐身上。这些，妹妹都看在眼里。

月子还没出，妹妹就开始犯愁。看她一筹莫展的模样，我们反复追问，她才说出了心中的顾虑。

"我最近有些头疼。因为以我目前的身体状况来看，根本没有足够的能力去按照之前的设想执行计划。要上班，又要照顾筠筠，我可能做不到。"

谁来照顾筠筠？

003

为此，家人们专门开会来讨论。

最佳人选是两个姐姐中的一个。原因再简单不过，被选中的姐姐的孩子早已长大，平日里没有那么忙，我们一致认为，这个姐姐是最适合照顾筠筠的人选。

虽然是家人建议，但姐姐也的确认真思考了一下，觉得自己确实是最适合照顾筠筠的人选。于是，便应了下来。

然而，几天后，姐姐照顾筠筠的时候，一个突发事件，彻底打消了姐姐的这一想法。

那天，姐姐如往常一样给筠筠清洗身体，可筠筠突然间就喘不上气了。一时之间，整个小脸通红，状态十分危险。谁都未曾见过这样的阵仗，姐姐当即便叫了救护车。

就在大家都提心吊胆不知如何应对的时候，妈妈突然想到了之前听来的做法，立即抱起筠筠，在她的背部用力拍打了一下。原本怀中喘不上气的筠筠，在这一记拍打之下，顿时缓了过来，声音洪亮地哭了起来。

救护人员赶来时，筠筠已经恢复如常。听了事情的经过之后，他们表示："这样的处理方式是正确的，很多时候新生儿会憋着一口气喘不上来，加上筠筠是早产儿的缘故，呼吸系统发育得可能不是很好。所以，这个时候，就需要家长们的帮助，等她哭出来，也就没事了。"

筠筠是好了，可姐姐却为此受到了惊吓。这不难理解，她担心筠筠后续会再次出现这样的意外。于是，她拒绝了照顾筠筠的事情。

就在大家一筹莫展时，姐姐突然提议说："你那么喜欢孩子，照顾筠筠肯定没问题。"

确实，一直以来我都很喜欢孩子，小时候又照顾过妹妹，而且，这段时间又跟两个姐姐一起照顾了筠筠，一些基本琐事也能应付。

筠筠出生的时候，我就发现了一件事。她身上有一块胎记，无论大小还是位置，都和我身上的那一块一模一样。我与筠筠之间，冥冥中，似乎注定着一种联结。

我决定试试看。

004

做了这个决定之后，无论是妹妹，还是筠筠爸爸，心里都有些过意不去。

在他们看来，为人父母，孩子才刚出生，理应是他们来照顾，因此也曾委婉跟我表达，他们可以做出妥协，调整计划，不至于给我添麻烦。而且，再退一步来讲，在外人看来，孩子才刚出生就交由姨妈照顾，父母不够尽责。

但那时筠筠爸爸事业正处于上升期，妹妹也是个事业心极重的人，无论是谁做出让步，都难免会有遗憾。况且，他们两人之所以如此拼命，不过都是想要让日子过得越来越好，给筠筠一个更好的生活条件。

于是我安抚他们："你们大可不必有心理负担。别人怎么看是别人的事，自家人不帮自家人，难道还真要等着看你们犯难？更何况，我又跟你们不一样，有的是时间来照顾筠筠。"

如此才打消了他们二人的顾虑，决定将筠筠交由我来照顾。

照顾孩子可不是一件简单的事，一点都马虎不得。

做决定不难，真正难的是如何做好。那段时间，我成了图书馆的常客，一直都在育儿区停驻，借阅了不少图书。关于如何照顾婴儿、给婴儿急救，甚至是如何给婴儿按摩之类的，我几乎全部仔细看过。

待我准备充分的时候，筠筠也三个月了。

带筠筠回家是在周末，时至今日，那天的情景依旧历历在目。

那天一早，我就去妈妈家中开始和妹妹一起收拾东西。筠筠睡觉用的床、奶瓶等各类婴儿用品全部打包，再搬到我家中去。

妹妹怕自己舍不得，把东西全部放下之后，就迅速离开了。

同样留给我的，还有怀里的筠筠。

我们两姊妹，一个面对的是母女短暂的分开，一个是迎接外甥女到来。而怀中那个小小的孩子，对这一切毫不知情。她睁着一双眼，好奇地看着这个世界。

这一天，是我照顾筠筠三年的开始。

005

以前常听人说养孩子不容易，真的切身体会之后，才知道确实如此。

虽然家中有请来的住家阿姨帮忙分担，但是从给筠筠洗澡、喂奶、换尿布，再到给她清洗，做这一切的都是我。

我和筠筠有着无数的人生第一次。后来每每再想起这些，都时常会觉得自己何其幸运。

照顾筠筠之前，我就与妹妹商定好一件事。每个周五或周六，筠筠都会回去自己家中。这样做的目的，一来，是让她们母女有属于自己的亲子时光；二来，以免她日后真正回到自己家中生活时会不习惯。

筠筠第一次回家的时候，我非常担心，虽然明知她回到了妈妈身边，但仍怕出什么问题，却又不好意思立马打电话询问状况，既担心给妹妹太大压力，又怕这一行为会显得有些喧宾夺主。

到了第二天中午，我实在克制不住自己，就给妹妹打了电话，问她："筠筠怎么样？"

妹妹在电话那头有点无奈地说:"喂了她一个多小时奶了,就是不肯喝,连她奶奶来帮忙都没用。"

听到这些后,我说:"我过去试试。"挂断电话,我即刻开车前往妹妹家。

到了妹妹家后,我接过筠筠,将她抱在怀里,开始给她喂奶,她这才喝了起来。那一刻,我们才知道,新生儿受环境的影响,会缺乏安全感。

好的一点是,此类事件,只发生过一次,后来筠筠再回去,一切都很顺利。

筠筠七八个月大的时候,有个不好的习惯——她总是在半夜的时候大便。对于这一习惯,除了深感无奈,我也只能将她清洗干净,再哄她睡觉。

养孩子不仅是喂奶清洗那么简单,当她再大一些之后,又需要开始训练她戒断尿片,引导她学习如何坐马桶,为她准备各类辅食。

虽然偶尔也会觉得辛苦,但是当你看着她在自己的照料下,慢慢长大,心中又觉得欢喜。

006

筠筠自小就显示出了懂事的一面。

有一次我们一起去主题公园玩。项目繁多,没等一一去体验完就已筋疲力尽。回到家中时,我们两个疲惫不堪。躺在床上,我自言自语道:"好累啊,脖子酸,脚也疼,如果现在有人给我做个脚底按摩就好了。"其实这些都是当时内心的一个想法。

谁知道，筠筠突然说："姨妈，把脚给我。"

我一时之间有些没反应过来，问她："什么事情啊？为什么要把脚给你？"

她说："我想帮你做脚底按摩呀！"

说真的，那一刻，我心情复杂，眼泪也控制不住地流了下来。

我把脚递了过去，看着小小的她，一脸认真地轻轻地按着我的脚。按了一阵子后，我说："好了，你累了。不要按了。"她却摇摇头："不要。"结果就是，她按着按着，抱着我的脚，倒在一旁睡着了。

筠筠三四岁时，我腰部受伤，弯腰成为一件异常困难的事，连解鞋带绑鞋带这样的事情都无法做到，一直都是家中的住家阿姨帮我。

有一天，我和筠筠回去时，已经很晚了，住家阿姨早已睡下。我看了看鞋子，有些为难地说："完了，没人帮我解鞋带了。"

我说这些原本并无他意，谁知筠筠听完之后，很自然就蹲了下去，帮我解开鞋带，又将拖鞋拿了过来，套在我的脚上。

那一刻，我立即拿出手机，将这一幕拍了下来。我突然意识到，这么多年来，我与筠筠之间早已有了默契，彼此心有灵犀。你对她付出多少爱，她是能够感知到的，而她在获得爱的同时，也在以自己的方式来回报你。

没有人教会我们如何去回报爱，但是我们眼有所见，心有所感，自然而然就会了。

人生是由悲欢离合组成的。面对来到的，我们张开双臂欢迎；走到离别时，我们却常常心有不舍。

筠筠快三岁那年，到了读幼稚园的年纪。这本是件值得高兴的事，而在庆祝的背后，是即将到来的离别。

那年八月，妹妹来接筠筠回家，为上学做准备。中午我们三人一起在外面的餐厅吃饭，吃的什么早记不清楚了，大脑中唯一的画面是，筠筠依偎在我的怀里。

用餐完毕，妹妹要带筠筠去学校报到，领取校服。我一人回到家中，开始收拾筠筠的东西。

房间里到处都是她的气味与影子，她的东西堆在一起时，我又想起刚带她回来的画面与往日所发生的一切。

即便一早就知道，这分别是会来临的，但仍控制不住一颗心为之难过。我一边将东西放好，一边默默流泪。

筠筠推门而入时，看到了这一幕，我抱着她，她和以前一样，安静地依偎在我怀里，伸出一只手来给我擦眼泪。

她尚且年幼，并不晓得我因何落泪，却能看穿我此刻的脆弱。

回家生活的头两个月，筠筠表现出了一些不习惯。妹妹说，筠筠最经常问她的就是："为什么我不可以住在姨妈家？我一样可以去上学。"

对此，我只能安慰妹妹："筠筠还小，这是小孩子的自然反应，你千万不要因此伤心或生气。"

筠筠走后，我们每星期都会聚会，而每次分开时，她都会抱着我不放开，哭得撕心裂肺。

有一次，妹妹生气地跟她说："你要是总这个样子的话，我以后都不会让你去姨妈家中了。"

听到妹妹说这样的话，我当时有些生气。

年幼的孩子因为对这世界充满好奇，所以才总会有那么多的为什么要问，而这只是她所有探索中的其中一个问题。当他们用自己的方式表达情绪时，家长要适当站在孩子的角度去思考，用她能理解和接受的方式与她沟通。很多时候，强行讲道理不如稍微用点技巧，要更有效得多。

直至现在，筠筠还常会说："我有两个妈妈，有两个家。"我深知，筠筠说这些绝非是为了逗我开心，而是她打从内心里这样认定。

周末的时候，筠筠会来我家住上一两天。我们亲密无间，任何事情她都愿意与我分享。

对于这点，我深感欣慰。

008

筠筠入学之后，我生活的重心开始有所转变，接拍了《女人俱乐部》这部电视剧，自此开始重新在演艺圈活跃起来。

那时候，筠筠已经四岁，读幼稚园已近两年了。工作之余，我还会带上筠筠一同外出。偶尔会有一些陌生的记者跑来给筠筠拍照，让我意外的是，筠筠从未表现出害怕或抗拒的情绪，反而问我："姨妈，为什么他们要给我拍照呢？"

我告诉筠筠："因为姨妈工作的关系，他们会来拍照。他们呢，发现你很有礼貌，就把你也拍上了。"她点点头，我又说，"所以，人家来拍你的时候，你就有礼貌一点，跟人打个招呼就好了。"她又点点头。

向来，我不想给筠筠灌输一种思想，不想她因为自己的姨妈是演员，就觉得自己特别了不起。对我而言，演员从来都只是一个职业而已。

现在，筠筠熟悉各类社交媒体，擅长使用各种电子产品，对我的职业也有所了解，随时关注着我的动态。

前段时间，我们两人一起吃饭，她夹起一块香菇时，突然看向我说："姨妈，我在吃你！"

我有些诧异，未能第一时间理解，便问她："你说什么？"

她笑着说："不是很多人叫你姑姑吗？我现在就在吃'菇菇'啊！"

009

这些年来，我与筠筠的身份，早已不再局限于只是亲人这么简单。在她的心目中，我不仅仅是她的姨妈，是她的老师，也是她的好朋友。同样，于我而言，她是亲人，是好朋友，是心中最最珍贵的一部分。

看着她成长的这十年，在越来越被她信赖的时候，我也越来越明白一个深刻道理，那就是：一个成年人在生活中的言谈举止，会对一个孩子产生深远的影响。言传身教，远远大过你能给她带来的物质上的一切。

时至今日，即便她长高了不少，容貌也在发生变化，但我永远记得那年九月，她第一天去上课，我站在她的身后，看着她一人走完那段通往学校的弯曲的斜坡。那时候，她独自走向校园，挥手与我作别。我一人站在校门外，独自足足站了两个小时。

不虚荣，不浮夸

001

得闲在家时，我时常会和妈妈闲聊。

我会忍不住想要了解那些曾发生在她身上的故事，听她将那些属于她的记忆，在脑海中穿针引线，织就出她一生的故事。

妈妈将我带到这个世上，二人有幸母女一场。对于我的所有，她都清清楚楚。可关于她人生的前半部分，在我这里是断续不齐的。于是，常常一有机会，我就与她聊起以前。

妈妈出生于一个大家族。太公是名医生，医术不错，略有名气；而太婆，则是为人接生。两人育有九子，外公是其中一个，这九个子女中，又有四个都是医生。因此，在当时，虽说家中人口众多，倒也衣食无忧。

妈妈出生之后不久，外婆就离家了，她从未见过自己的母亲。

她的童年是与爷爷奶奶共同度过的。

生活有所亏欠，但那一双老人，都加倍补偿给她了。而她的回报，则是连年考试都位居第一。

十三岁那年，妈妈小学毕业，结束了与爷爷奶奶的生活，随着她的父亲离开家乡，移居香港，生活也与以前有了天差地别。到香港后，她未能继续读书，小小年纪就开始出去工作，赚钱补贴家用。

听到这段故事后，我问妈妈："从天上落到地上的滋味不好受吧？你是怎么一下子就接受了这个事实？"

妈妈看了我一眼，说："虽然出身不错，但不代表我就虚荣浮夸。而且，我所受的教育也是这样的呀！人啊，这辈子的境遇也是会变化的，但只有一件事最为重要，那就是脚踏实地把日子过好。"

你看，每个妈妈都是隐藏的哲学家。

幸运的是，妈妈从没有因为自己缺少母爱而疏忽子女，也是因为这个原因，我长大之后特别疼惜她。如今她已年迈，我待她正如她当年待我一样，细心呵护。

002

年少时，家中兄弟姐妹众多，父母收入也的确有限。

如何将有限的钱用来养活这么多人，是他们夫妻二人日常面临的问题。

有件小事，我一直都记得特别仔细，到如今再回想起来，都还清晰。每次爸爸出门开工都会先走上一段很远的路，才肯坐公共巴士，为的是能省下来两站路的巴士钱。

对自己，爸爸太过节俭，但对我们，从来都是非常大方。那些他节俭下来的钱，变成了我们兄弟姐妹的作业本和一餐一饭。

虽然爸爸从未说起过这些，但我们都看在眼里。父母收入有限，但未曾亏欠过子女，但凡他们有的、能够想到的，都在第一时间给了我们。

我一直都觉得，每个人多少都会受到父母的一些影响，像为人处世、生活方式等。

如果说爸爸是个特别节俭的人，那妈妈就是那个较为要强的人。

以前还小的时候，平常逢年过节，妈妈会带着我，去给她的一位大伯拜年。有一年，我不小心将他们家中的一个杯子打碎了，倒也没人因此责怪我，只是他们的脸色非常难看。

一时之间，气氛极度尴尬，我整个人坐立不安，而妈妈呢，也不好受。

那之后，我们再也未曾去这位亲戚家中拜过年。

有一次，我与妈妈又聊起这件事来，我问她："是不是因为当年我打碎了他们的杯子，所以你再也不去拜年了？"

妈妈看着我，笑了一下："不是，怎么可能是因为你打碎了杯子我就不去了呢？作为晚辈，去给长辈拜年是理所当然的事。但一个人如何看待你，是藏不住的。所以，我就再也没去过了。"

听她说起这些的时候，我才意识到，那时候的她是有委屈的，但她从不说。

又想起另外一件小事。我年纪还小的时候，听说一个邻居为了赚钱，去歌舞厅里工作。妈妈得知后，语重心长跟我说："别人去做什么，我们不好去评判，那是他们自己选择的生活方式。但是妈妈希望你能记住，我们有手有脚，有足够的能力去赚钱生活，以后千万不要因为贪慕虚荣，做出有违道德的事情。"

当时年纪小，对她所说的一切似懂非懂，但也点了点头，以便让她知道，我确实将她说的这些放在了心上。多年后，回头再看，才发现当年她在我心底埋下的那颗种子早已生根发芽。

003

成年之后，我的第一份工作是空姐。

那时候的空姐，是个非常难得的职业。为什么这么说？因为有许多人竞争，通过层层筛选，最后才有几个人能够入选，并且入职。

刚离开学校，步入社会。以前读书都是倚靠父母生活，突然自己能赚钱了，难免也会有冲动消费的时候。

比如说，领了薪水之后，虽然只是买了一件又便宜又好看的衣服，但我都会为此而开心很长一段时间。也有时候，买到一个好看的但价格略贵的东西，我会先心疼，然后开心。

虽然我觉得自己已经足够节俭了，但在妈妈看来，我做得还远远不够，甚至有些铺张。

那时候，她常常跟我讲这样的一句话："有多大头，就戴多大的帽子。"

我不以为意，觉得自己负担得起，但当时从未考虑过值不值得，或者是否真正需要。

思考这些时，我渐渐地也发生了一些变化，比如说，再买东西时，更多会去思考：是否值得与是否真的需要。于是，关于消费的理念，也产生了一些改变。

有一次，我和妈妈一同去超市购物。买吞拿鱼罐头时，我顺手拿了一个比较便宜的牌子，妈妈看到之后，有些意外，她说："这个牌子的罐头不好吃，另外一个牌子的才好吃。"

实际上，我吃这个牌子的罐头很久了，于是就跟妈妈说："我觉得没有太大区别，而且味道也都差不多。"

妈妈将我放在筐子里的吞拿鱼罐头取出，放回到货架上，又取了自己推荐的那个牌子的罐头放进筐子里："一分价钱一分货，这个虽然贵点，但是味道比你吃的那个好。"

我笑了笑，没有阻止她。两人走出超市时，她突然问我："你现在怎么变得这么节俭？"

你看，这就是妈妈，一方面让你节俭，另一方面又担心你亏待了自己。

004

工作之后，休息之余，我最常做的事就是陪伴家人。

父母操劳了一辈子，人生走至下半场。以前是他们陪我长大，现在换我陪他们到老。

带爸爸妈妈去旅行，是一件非常有意思的事。每次到一个陌生国家的时候，仿若时光倒回，以前是他们带我去游乐场，如今变作他们需要我。

旅行中，我们最常做的就是去当地的超市闲逛。未必是真正去购物，而是去观光，我们有时候看着超市里陈列在货架上的那些未曾见过的食物、摆件，只是研究一下，都会觉得非常开心。

我们无法回到过去，但是却可以在相处的细节中，想起以前。

我记得，那时候有亲戚请我们吃饭，他俩时常会劝阻他们少点一些菜，或不要去太贵的地方吃。

也记得，那时候我刚做空姐，爸爸从未到处跟人说，他的女儿考上空姐了。

也记得，我进入演艺圈开始拍戏时，他们走在街上，有人会问他："你是不是李若彤的爸爸？"通常，他都会摆摆手，跟人说："认错啦！"

更记得，妈妈在楼下花园晨练的时候，一起与她晨练的太太拿着手机，指着相片上的我问她："这个女孩子是不是你女儿？"我妈妈总是忙着否认。

我曾逗过妈妈："我长得也不难看，为什么不愿意承认我是你女儿？"

"怕别人觉得我虚荣啊！生怕别人不知道我女儿是演员一样！再说了，这些又能给我带来什么？"我知道，这是她发自内心的真实想法。

人们常说，父母是子女的第一任老师。在我心中，他们二人都能够拿到满分。

他们用一生的时间，以自己的切实行动，教会我太多事情。

也是他们，让我意识到人生里最能够让我快乐的，从来都不是物质。真正能够让我快乐的是家人都在，回到家中有热气腾腾的饭菜，心中觉得委屈时却并不犯愁，因为总有他们的关心。

别给自己的人生设限

有段往事未曾讲过。

早些年的时候，我曾经有过做歌手的机会。

那时，在经纪公司的安排下，一个星期有三天的时间我都会去学习唱歌，每天的学习时间是三个小时。如此往复半年，唱歌能力提升不少。但是因为要拍《神雕侠侣》，唱歌这件事也就暂时搁置了。

直到拍完《神雕侠侣》，在拍另外一部电影的期间，因为无线电视举办的一场慈善活动，我和刘德华一同站上了红馆的舞台，合唱《相约到永久》。

没想到，这段表演播出之后，第二天就有很多唱片公司找到我的经纪公司，提出想要签约，帮我出唱片。因为我那时的经纪公司正准备新增一个唱片部，所以就推掉了这些邀约。

既可以推掉其他公司的邀约，自己公司的唱片部什么时候才能成立也不清楚，当下不用立刻去做自己不擅长的事，我竟感到松了一口气。年轻时的我，远不如现在坚定，甚至有些缺乏胆量。

缺乏胆量意味着退缩与失去机会。很长一段时间，我的人生态度是随遇而安。当时心中只有一个想法，那就是——我真的能做好这件事吗？

因为担心自己做不好，所以选择接受拖延，而经纪公司也因为种种原因，最终未能成立唱片部，于是也就没有了后续的故事。

多年之后，偶尔仍会想起此事。说不悔那必定是假的，可能人生必定会伴随缺憾。这些年，经常收到希望我唱歌的工作邀约，有时我也会幻想一人站在台上安静唱完一首歌，能够听到台下人欢呼的声音。

这是因为给自己人生设限所带来的一件憾事，我想许多人都有过类似的经历。有时候就是这样，机会到来了，却因为你缺乏胆量失去了它。

二十五年后，时间到了 2020 年 6 月。

为了满足多年来想听我唱歌的影迷的心愿，也为了弥补自己曾经那一点遗憾，在经纪人的鼓励之下，我接受了一个工作邀约，和老友陈浩民一同演唱《天龙八部》的主题曲。

在正式演出之前，我特意去录音棚跟着音乐制作人老师学习，只要有时间就会请他指导练习，每晚躺在床上都会不由自主唱到睡着。

节目播出后，看着电视中的自己，在台上唱歌的样子满脸都是享受，而观众也给予了不错的反馈。

你看，有时候人只有勇敢地迈出一步，去尝试自己未必擅长的事，你才会发现，其实很多事情不在于你是否擅长，更多的是在于你有没有给自己机会去尝试。

002

随着年纪渐长，我同样也获得了相应的智慧。

有一年在国外工作，我恰巧得空，就在周边转转，路过一个市场，傍晚，能看到几位白发苍苍的妇人从市场中走出来。她们不疾不徐，打扮得体，在人群中依旧抢眼，甚至穿衣妆容一点也不输给一些年轻人。

当时心中就突生感慨：原来人是可以活成这样的，并没有因为衰老大张旗鼓地到来，就对追求美这件事而低头，反而愈战愈勇。

这样的人生态度是值得学习的。

我自幼在香港长大，身边的人尽数讲粤语，真正开始接触普通话是在十三岁读中学的时候，虽有些晚，但比身边绝大多数人算得上早的了。但是，我在此之前从未接触过普通话，因此刚开始学习的时候，完全听不懂，而到了考试的时候，根本就没有及格过。

读书时，谁都不愿意拿低分，都想做人群中最出众的那一个，我也不例外。坦白讲，最初学习的时候，我一度感到痛苦。好在没有因此放弃，也没有因为前期的困难而怀疑自己的能力。通过不断地听、读、写，反复与身边的人练习，我的普通话慢慢变好。

说来好笑，有一次跟朋友聊天的时候，对方提到了"古彤CP"，当时还以为是在讲我是"古董彤"的意思，惹得朋友哈哈大笑，让我去网上求助影迷。大家很热情，还教会了我"白月光""接地气"。如果这是一本有声书，你们就知道，我现在的发音还算可以。

古墓"通网"后，一直勤奋学习的姑姑，有跟上你们的脚步吗？

003

一旦不给自己的人生设限，就会不断去学习。

外甥女筠筠出生之后，我接下了照顾她的任务。我未曾步入婚姻，又无照顾孩子的经验与技巧，对孩子的心理更是没办法把握。做出这个决定的第一时间，我给自己报了一个儿童心理学的课程。

可能很多人会觉得，成年人回归学校是一件出奇的事。但我自知去读书是为了获取知识，为了能更好地照顾筠筠，也为了提升自己。

如今的我，很少去思考自己能否做到。遇到问题的时候，更多的是去思考：想不想去达成，是否喜欢并且愿意去做，以及应不应该去做。一旦这样想，你就会去想办法攻克难关，达成自己的目的。而一旦设限，你会错过很多的机会，甚至错过一些可以重新认识自己的机会。

我们常说，要在对的年纪去做对的事，那既然是对的事，又怎么会有年纪之分？只要是想做的事，任何年纪都不晚。人生没有太晚的开始，只有过早的结束。

我一直觉得，人始终应该保持着好奇心去生活和工作。这份好奇心，会让你充满求知欲，会产生想要学习的想法，会帮你端正态度，最终付诸行动，并且达成目标。

以前的我自认为是个随遇而安的人，未曾给自己设定过太过长远的目标，也没有觉得这有什么不好、不对。与他人相比，虽然算得上足够顺利与幸运，但偶尔会想，如果当时懂得这些，也许要比当下再好一些。可既已过去的，就不想再追究，唯有把握当下。

说这些，无他意。只希望能尽自己最大努力，将生命活得精彩一点。或许有人半途折返就此放弃，但人生只一程，愿你我都是那个一往无前的人。

懂得上场，也要懂得下台

我是个无比热衷于逛十元店的人。

香港有不少这样的店铺，商品基本都是十二元港币，折合人民币大约十元。日用品、零食，一应俱全。

有人购物的时候，面对一大堆便宜的东西，可能会处于一种失控的状态，很容易就买到一些不太实用的东西。我算是理性的购物者，即便买便宜的东西，也会选相对实用的。很多朋友都说我生活节俭。对这一点，我并不反驳。

初学"接地气"的时候，身边有人跟我说："这个词就是在说你。"我有些不解："为什么？"

旁人解释："很少有女明星像你一样去逛十元店，更很少见谁去街市，甚至连棉签都要掰成两半用。"

我大笑出声，妈妈也总是说我生活太过节俭。但其实之所以将棉签剪成两半来用，不是因为小气，是因为有时候只是拿来擦掉眼周的眼影，会觉得只用单边就丢掉太过浪费；去街市买菜，是因为自己挑选的足够新鲜，而且可以货比三家。

最重要的一点是：首先我是个女人，其次才是个女演员。

演戏对我而言是兴趣，是工作。在台上，我享受表演，将自己最好的一面呈现给观众；当回到台下，我也和常人一样，想去享受自己的生活。

这两者之间的区别，我一直都分得很清。一来，我不想时刻端着架子，太不真实；二来，时刻告诉自己，要懂得上场，也要懂得下台。

一个人如果不懂得下台，是很容易忽略身边人感受的。最直观的结果就是会让身边的人很辛苦。而自己本身具备的能力，也会在"不下台"的过程中逐渐丧失。

这不是良性的发展，当然不值得发扬。

002

记得有一次因为一些小事，眼见别人跟我妈妈吵起架来。

当时我据理力争，妈妈见到，拉住我小声说："算了，别这样，人家都认得你，这样对你不好。"

我反问她："认得我又怎么样？"我是个帮理不帮亲的人，这一点原则还是有的。但同时，也本着不能因为自己是演员，就要为莫须有的事情来道歉或者让步，只为得一个"好名声"。

曾经还发生过这样一件事。

我在某间家具店里买了一张床垫，当时就觉得那张床垫过大。于是我找来了店长，将顾虑告诉他："这床垫可能没办法走电梯，恐怕需要工人走楼梯搬上去。"店长说："完全没有问题。"

考虑到工人搬运不是个小工程，我追问："那我是否需要再出一笔运送费用？"那位店长看了一眼床垫，又看向我，微笑着说："这个完全不需要的。我们免费提供搬运服务。"

第二天，床垫如约送到楼下，我下楼去跟工人交涉的时候，他们看到我之后，直接拒绝搬运。我不解，问他们："为什么跟说好的不一样？"

他们看了我一眼，回道："这个要走楼梯，当然要单独收费。"

说实话，听到这句话之后，我一度非常生气。不是我不愿意支付这笔费用，而是事先已经和店长确认过了。生气不是解决问题的办法。我打电话给店长，告诉他这一情况，店长在电话里也跟两位工人讲明了此事，可他们就是不肯。

两个人坐在楼梯口，看着我说："你是个女明星，怎么可能连这点钱都不愿意支付？"

听到这句话，我又气又好笑，付不付是一回事，该不该是另外一回事。我看着他们："因为我是明星，所以就活该被你们欺负吗？要不这样，如果你们现在不搬的话，那我就打电话报警好了。"

见我如此，他们没有再提加钱的事情，痛快地将床垫搬到了家中。我拿出了原本准备好的小费，又加了一些给他们，反而是他们不好意思了。

不以自己的身份占人便宜，但也不会因为自己的身份失去维护自己权益的权利。

003

很多年前，我在报纸上看到过这样一则报道：一位女明星说自己正当红的时候，花了很多钱去买奢侈品和衣服，现如今不红了，银行账户没有钱，家中有的只是一大堆奢侈品，她很痛苦。

这则报道让我印象深刻，同时也对我起到了很好的警醒作用。

我不是一个挥霍的人，对事对钱都有自己的分寸，从未对奢侈品太过痴迷，吃穿用度也都是刚好。

因为我一直都明白一个道理：一个人不可能永远都在高峰，这是很正常的一个现象。在台上固然好，但总有下台的时候，不怕下台，真正怕的是一直不懂得身份转换。

未雨绸缪并没有错。任何时候，任何事情都要做好准备，接受好的一面，也要接受不好的一面。譬如我自己，即使现在没有拍很多戏，甚至有很多人也不认识我，但我从不会太在意这件事，也不会因此患得患失。因为我早已做好了心理准备，这是我自己的选择。

我身边有很多这样的朋友，他们曾经红极一时，如今身处其他行业，也一样活得精彩。

之所以如此，是因为他们都懂得上场，但也懂得下台。

及时止损

我时常会在社交平台上收到一些私信或评论。

有人问如何保养皮肤，有人想知道如何才能让体形多年不变，更有人分享自己的人生故事，最后会问我一句：如何才能做到及时止损？

保养也好，保持体形不变也好，这些我都能适当给出自己的建议。可面对"及时止损"这四个字，我始终自觉是最没资格讲这个话题的人。但转念一想，好像自己又是最有资格分享这个话题的人。

这倒也不是个矛盾的说辞。以前年轻，哪里懂得什么及时止损，于是就有了一些教训和不好的经历。后来的日子里，每每再回想起来，都会反思，若是当初懂得，兴许人生的有些路会走得更顺畅，过得也更快活一些。

可不懂的，并非我一个。

002

我还在读书的时候，成绩不错，只可惜，后来在学习过程中遇到了一些挫折。当时年少，心智未开，整个人不懂得梳理与反思，也未曾想过究竟是哪里出了问题，很容易就受不了。这直接导致我对学习不再像以前一样信心满满，最终选择了放弃。

当时觉得这样做是止损。实际上回过头来再看，是对自己的不负责任，只因为一时的受挫，就断掉了人生的其他可能。

后来，我成了一名空姐。在云端的日子偶有停歇，会忍不住想起以前来，若当初没有选择放弃，如今又是怎样的一种人生？

世上没有如果的事。既已发生的，都是选择使然。

如无意外，我应该就这样稳稳定定做空姐，每日飞往各地，遇到对的人，两人自此过一生。后来机缘巧合，我选择了辞职。

时至今日，我未曾后悔这一决定，且觉得这是做得较为正确的一件事。与工作相比，更重要的是身体的健康。此时我已成年，已经成熟到能够为自己所做的选择来买单。

003

这么多年来，在工作上，虽然我没有野心，但始终保持着上进心。一旦下定决心要做的事情，就会在自己的能力范围内做到最好。

记得 1996 年拍电影《十万火急》的时候，有一场需要跳楼的戏。当时剧组的工作人员问我："这场戏需要你从五楼跳下来，真的没问题吗？"

说实话，刚听到的时候，我心里面有些害怕。但是想了想，还是决定自己来做。等到正式拍摄那天，剧组的工作人员发现可能会存在一定的危险，为了确保安全，他们建议换用替身。但是为了镜头不出现破绽，我仍坚持自己完成。

要么不做，要么就好好做，这是我一直以来秉承的原则，同时也是我时常和筠筠说的话。

这句话虽然看似简单，但是也代表着及时止损的含义：我们都知道，自省能够给人带来助力，所以，人要懂得随时自省；同时，也要学会取舍，对于一件事，到底是拼尽全力还是一早放弃，这是我们一开始就要想好的事。

004

在感情里，懂得及时止损也非常重要。

我见过不少的人，为感情吃尽苦头。在感情走到最后的时候，他们用尽办法想要挽留。

其实在感情里拖泥带水，不见得是好事，委曲求全也不见得伟大，一再地单方面付出更不是理所当然。理性的人，往往懂得及时止损。

离开一个人、结束一段感情，这些都是生命课题中的一部分。当感情走到最后，不纠缠、不诋毁、不过于放低自己，有自尊、有原则，才会更有底气，也更值得别人来爱。

去年，我在朋友圈里看到一位朋友分享过这样的一段话，我觉得很好，于是就将它影印了出来，贴到了书房里。

那段话大意是这样的："我们余生不多了，要多和一些会令自己笑的人在一起。"

我想，能够具备大笑能力的人，一定都非常善于及时止损。而这样的人，也不会活得太差。

自律者得自由

在练出六块腹肌之前，我还曾分享过另一张健身成果照，没想到竟然很快就登上了热搜。

很多人看到之后，都以为我这一身的肌肉是近两年才锻炼出来的。影迷在评论中说到"期待已久的马甲线"时，我没忍住回复她："早就有，不让你们看而已。"

其实我真正开始健身，是二十年前。

当时在教练朋友的引导下，我开始接触健身，没想到的是，这一坚持，就是二十年。健身成了我的爱好之一，但鲜少与人分享。最多就是在拍戏的时候，碰上同样也喜欢健身的朋友，会一起交流健身心得和健身给个人带来的改变。

而真要说到健身所带给我的，那就是，它让我更自律，同时也更健康。

002

我自小就算得上是"体育健将"了。

读小学的时候，我就非常热衷于上体育课，也曾不止一次代表学校参加竞赛。像100米短跑、4×100米的接力跑，甚至是跳高、跳远这样的项目，也都曾是我的强项。

可能是天生热爱体育，所以我最初接触健身的时候，没有觉得辛苦，只是常常会感到肌肉酸痛。

与旁人略有不同的是，我没有想过要放弃，因为一早便知道，放弃从来都是最容易的事。要想得到，这之前你必须学会付出与努力，并且还要恒久去坚持。

也有人留言："这身材是我一辈子都无法企及的。"我的回复是："只要你坚持，一样能做到。"

但我也理解为什么有人会说出这样的话来。一个对运动、健身本就没有什么兴趣的人，是真的很难坚持下来的。那么这个时候，我们不妨给自己定一个小目标，比如说，先让自己拥有一个平坦的小腹。

一旦设立目标之后，那么接下来需要做的就是朝着这个目标进发。当你通过健身拥有一点小成就之后，相信我，你会停不下来，甚至会发自内心地喜欢上健身。

就我个人来说，其实最初健身的时候，所用的时间也不多。

基本上一周三天，其中有两天集中去健身房锻炼，而另外一天，要么去骑马，要么去打网球。

仅仅用了半年的时间，就已经有了很明显的效果了。

习惯养成的同时，我还有一个小经验，在此分享给大家。最开始健身的时候，我特地选了一张相片，挂在家中最显眼的地方。相片中的人，她的体形就是我的目标。不管是希望拥有健康的体形还是肤色，用这样的方法定下自己的目标，都算是一个不错的激励法。

在我看来，健身是最能锻炼一个人强大意志力的开始。

003

健身到底给我带来了什么？我时常会思考这一问题。

在健身这件事情上，我是受益者。为什么会如此说？是因为在过去的很长的一段时间里，健身是我的避风港。

顺风顺水，那是剧本里的主角。人有顺境就有逆境，我也一样，抛开演员这一身份，不过是个普通人，同样也会有自己的烦恼。有一段时间，因为一些事情，我的心情可以说是跌到谷底。最痛苦的时候是靠着健身走出来的。

我曾经试过在健身房里待四到五个小时，也试过在健身房待满三个小时后换了衣服，又去游泳池游上一个小时。

事实证明，这么做对我是有用的。人心情最糟糕的时候，得让自己动起来，只有如此，才没有工夫去胡思乱想，也可以避免被不好的情绪影响自己的正常生活。

也是从那个时候起，健身让我继续更好地生活。

有时候，甚至不知道究竟是我选择了健身，还是它走向了我。这真是一件幸运的事。

004

真要说起健身带来的最显著效果，就是体形二十年如一日未曾变化过。

现在的我与之前拍摄《神雕侠侣》时的体形几近相同。

前段时间，我被记者问到体脂率的问题，其实健身之后几乎从未测量过。我自认为最有效保持身材的方法，就是找一件十年前或者你自认为身材最好的时候穿过的衣服，如果还能穿进去，你会很有成就感。

并非所有人都是天生好身材。其实未健身之前，我也有过发胖的经历，可以毫不夸张地说，发胖的那段时间，我都快认不出自己了。

为了减肥，我也曾采取过一些极端手段，比如说最典型的节食。

如今再回想起那段时间，我都觉得自己当时像是着魔了一样。每天都会去量自己的三围，不时上秤称自己的体重。发现胖了一些的时候，就有点心理受挫。

加上我这个人又天生对美食无法抵挡，所以得出了一个结论：节食这样的方法并不适合我，加之太极端，不健康，对身体不好。于是就放弃了。通过节食，是可以很快让你瘦下来，但是一旦松懈下来，就会反弹。

有所想，必须有所付出。想要瘦，首要条件就是管住自己的嘴。

我曾经一度非常喜欢吃饼干，但很遗憾的是，我的口水分泌腺有些问题，医生曾不止一次告诉我要少吃饼干。可是没办法，我真的很爱吃。毕竟美食不可辜负，我想这种心情很多人都有过。

我是如何戒掉它的呢？

我当时一次性买了好几包，什么都不做，就坐在那里，一口气都不停地把那几包饼干全部都吃掉了。

在吃饼干的过程中，我一度感到非常痛苦，觉得自己快要吐了。结果就是，那一段时间，我看到饼干都觉得害怕，再也不想吃了。如此反复两三次，算是彻底戒掉了。

自律的人生，往往都是从你觉得痛苦开始。

有人喜欢胖，有人喜欢瘦。但是，如果你决心减肥，首先得明白，你用了多长时间把自己变胖，就要付出双倍的时间去把它减下来。不要只羡慕人家的体形，要问问自己，能不能付出别人相同的时间和努力。

读书时，学习成绩下降之后，我会把自己关在家中不断温习之前的功课，以此提升成绩；在意识到发胖之后，我开始健身，并且坚持了二十多年。自律，让我更自由。

我曾经是个不屑于竞争的人。

健身第二年的时候，教练跟我说："你要不要去考一个私人教练的执照啊？"我当时想都没想就说："将来又不打算去做教练，还是算了。"他依旧劝说我："就当是一个挑战，给自己定一个小目标也不错呀！"而我那时的想法是自己懂就好了。

学打网球的时候，当时的教练也经常让我们两个人一组进行比赛。与比赛相比，我更喜欢自己一个人练习。

直到现在，我才明白，其实通过比赛的方式，不仅可以增强你的竞争力，还可以燃起你的斗志。但我当年的性格就是如此，不爱跟人争抢，只是享受打网球，享受运动。

记得有一次脚底做了一个小手术，当时走路连高跟鞋或运动鞋都穿不了，医生特别叮嘱我："一定不要做剧烈的运动，不然对伤口恢复不好。"

可我根本停不下来，那时家里面有一个房间是专门用来放置运动器材的，是个小小的健身场地，我就光着脚健身。

结果可想而知，我的脚发炎了。医生为此责怪我："不是都交代过你不要做运动吗？"

我很不好意思："只是在家中做运动而已！"

最终，在接下来的那一整个月，我都待在家里面，哪里也不能去。因为伤口撕裂，走路的时候，血都会冲上去，平常从客厅到洗手间都要依靠拐杖。

在那一刻，突然意识到，我似乎变了很多，成了一个希望同自己竞争的人。

006

多年后，我与当初带我健身的启蒙老师碰了面。

我们彼此变化都不小，已经很久没有健身的他很感慨，一直说："没想到你竟然坚持了这么久，并且比之前练得还要好了。"

又过了一个多月，有一天他给我发来一张相片："受你的影响，我现在又开始健身了。"

一个带我接触健身的人，如今反过来被我影响了。

走出低潮

001

我一直自诩算是个幸运的人。

平安长大，家庭和美，事业平顺。与很多人相比，我的人生的确未曾出现过较大的波折。但是若要说到低潮期，却也是经历过的。

将记忆调回到十年前，从爸爸去世这件事说起。

我自幼生活在一个大家庭之中，连我算上，兄弟姐妹有十个，一家人其乐融融，倒也温情。

我很小的时候，爷爷奶奶就去世了。外婆更是自我出生时就未曾见过。只有外公与我们生活在一起。十二三岁那年，外公去世了。可当时年少懵懂，并不能真切体会到生命中失去一个人，是何等悲伤的事。

成年之后，身边有二三好友，做的是自己喜欢的事，还有家可回。但到底有时也难免会伤心失意，可一看到爸爸妈妈关切的神情，又觉得自己足够幸福，人生里这点失去算不上什么。

爸爸去世的时候，身边不少人劝慰我："八十岁啊，算高寿啦！"我只沉默，并不作答。做儿女的总希望父母身体健康，在世久一点。未曾奢求能到百岁，可总觉得，他走得早了一些。

这是我第一次亲历失去至亲。

该怎么形容失去至亲的感受呢？如刀，直劈而来。

002

我人生里的低潮来得比别人晚，但要久一些。

爸爸走后，与他有关的记忆都来了。

为了养活一大家子人，爸爸以前过得辛苦，但我从未听到他抱怨。即便后来年迈，依然是很为我们操心。在他心中，他的孩子都没有长大，须得指望着在他的羽翼之下取暖。为我们遮风挡雨成了他的习惯。

他嘴硬心软。那时候我在拍戏，拜托妈妈帮忙照顾小狗囡囡。爸爸表面嫌弃，可到了遛狗的时间，他总是抢在第一个。

我始终无法接受他离开的事实。就是这样，带着失去至亲的伤心，落到了人生的最低潮里，连带着自己都变了一副模样。

曾听一位医生讲过这样一段话。

他说，如果家中有亲人去世，人们伤心是极为正常的表现。但是如果伤心的时间持续半年或更长，就必须要向医护人员寻求帮助了。

当时不懂，于是也就一直任由自己沉溺其中。

最低潮的时候，状态是怎样的呢？我会用行尸走肉这个词语来形容。

那段时间，我变得不愿与人交流，甚少与人讲话。碰到熟人时，脸上带笑却并非发自内心。会重复地去做同一件事，直到自己受不了为止。

比如说，我原本是一个特别爱吃甜食的人，尤其是蛋糕，但是做了演员之后，为了保持上镜效果，我基本上不会主动去买来吃。然而在那段时间，有好几次，连自己都不清楚为什么，就那么一直不停地吃，甚至在吃东西的时候会不自觉地流眼泪。直到整个人吃到胃难受，再跑去洗手间呕吐。

这样的情况出现了几次，我意识到必须得去看医生。

情绪低落时，总是这位医生帮我排解，教我方式和方法。我一直记得那天他的语气，温柔且带着关心，问我："你觉得很好吃吗？"

我摇摇头，回他："其实一点也不好吃。但不知道为什么，我就是很想吃，并且停不下。"

很多年过去了，再回想起这件事，我才明白，有时候人们为了缓解内心的不安或悲伤的情绪，会选择暴饮暴食。但是实际上，这样的方式并不奏效。

004

有时候，我也会什么都不做，在阳台上抬着头看天上的云。

它们浮在空中各有各的形状，来去随风，聚散有时。而我常常就这样坐在阳台上两三个小时，姿势不变。想着这车水马龙的城市，这有聚必有散的云，闷热潮湿的空气，这世上一切的一切，自此之后，爸爸都再也看不到了。

人处在低潮的时候，很多行为都是不由自主的，比如正坐着却无端端流泪，又比如情绪失控。

有一次，我与家人在医院的时候，具体聊到什么早记不清了，只记得家人说了一句很平常的话，我却不知为何极度生气，转身离开。

我去停车场开了车，并不知道自己能够去哪里，而脸上的泪流个不停，也无暇顾及。就那么满脸是泪地开着车，也不知道开了多久。手机不时震动，可我就那么坐在路旁，待到情绪平复，才开车回到家中。

屋内亮着微弱灯光，妈妈坐在沙发上，她一直在等我。

那时候起，我决定无论因为何事处于何等境地，永远不再让家人为自己担心。

事实上，人在有所意识的时候，也是转变的开始。

那时候，我开始试着做更深入、长时间的运动。在运动的时候，可以将那些事情暂时搁在一旁。但不知道为什么，有几次运动到一半，会突然没来由地心慌，甚至是恐惧。

发生这种情况的时候，连衣服也顾不上换，直接就拿着车钥匙去车库，一路开到妈妈家楼下。

于我而言，家是避风港一般的存在，不管发生什么，只要走进家中，那些坏情绪都会随风而散，家给我保护，给我安慰。

通常，我都会将车子停在楼下，并不上楼。只要人站在楼下，看着就已觉心安。那时候，每每心慌或者觉得内心恐惧，我都会开车回家，坐在楼下的长椅上，自己待上那么一阵子。觉得稍微好一些了，再开车离开。

这件事，妈妈至今都不知道。我之所以不肯走进家门，原因再简单不过，我不想她永远都在为我的状态担忧。

我以自己的方式汲取到了温暖，状态有所调整。希望她见到我的时候，始终是比之前好一些。

时至今日，再回想起当时，以我有限的贫瘠的语言，我会如此来形容它。

身处低潮时的我，宛如生活在黑洞之中，那是真正属于自己一个人的黑洞。

没有人希望自己是一座孤岛，也没有人应该是一座孤岛。我是如何走出来的？是人生应该有所寄托。

那时候，一位好友对我的情况十分了解，她常常为我加油打气，鼓励我重新找回原来的状态。

她也知道我在带筠筠生活，见我看了不少育儿类的图书。于是就给了我一个建议："我听说最近有一个关于幼儿心理学的课程，你要不要考虑一下，去报名上课？"我就真的报名了。

那套课程并非是速成班，传授的知识也较为深入，需要投入不少精力去学习。而我向来都秉承着一个原则，不论任何事，要么不做，要做的话就必须做到自己能力范围内的最好。

除了带筠筠，那段时间我基本上都投身于学习，老师讲授的知识要理解，功课要完成，还要不断看书牢记知识点，为考试做准备。

开始学习之后，我能够明显感觉到自己在发生着变化。那些不好的情绪在一点点减少，我越发觉得自己心情很好，不再觉得人生难过，甚至开始有一些成就感。

007

也是在那个时候，有一天，曾志伟突然找到了我："最近无线电视有一部剧开拍，我想邀请你来出演一个角色。"

之前的工作几乎都被我找理由推掉了，如今突然有人来问我是否愿意工作时，我内心是有些忐忑的，太久没有工作了，我很担心自己无法胜任，更怕让别人失望。

我跟他说："你让我考虑一下。"

一整个晚上，我都在思考到底要不要接这个工作。最终，我跟自己说，你要勇往直前啊。

就这样，我接了《女人俱乐部》这部剧。

事实上，很多时候人们瞻前顾后都是多余，当你一心决定去做一件事的时候，你会加倍努力。

在拍摄《女人俱乐部》时，我整个人的状态变得非常好。哪怕每天只有六个小时的休息时间，甚至有时候一天需要工作二十二个小时，我都未曾觉得辛苦。虽然身体有时会有些负荷不了，但整个人的心情一直都非常愉悦。

当时，身边一起工作的同事，私下里跟我说："告诉你一件事，在整个拍摄过程中，能够明显感觉到你的状态是不一样的，一天比一天好。有时候看着你，觉得像是会发光一样。"

008

如果你现在身处人生的低潮期，没关系，不要害怕，总会过去的。

给自己一点时间，允许自己有悲伤和低落的权利。但与此同时，也请你时刻谨记一件事，无论何时都不要放弃自己。

人这一生，有些路注定是要自己走的。但只要走出，迎接你的就是光与希望。

戏 梦 里

亲爱的你：

　　工作上，我一直算是顺畅，并没有大起大落过。虽然我没得过什么奖项，但也有代表作，对自己对影迷算是一个不错的交代了。

　　我不是一个野心家，也缺乏野心，但也明白一个道理：当一个机会到来时，若你没有好好用心对待，下一个机会就留给别人了。我也明白"有竞争才有进步"的道理。不与人竞争，不与人攀比，这个"争"是和自己。

　　我经常提醒自己，要比以前理智、比以前勤奋、比以前稳重、比以前有准备……

　　当你在职场上遇到什么困难时，如果第一个反应是抱怨，或厘清与己无关，那么困难会永远跟随你。

还有，想和你们分享一下"半杯水"的道理。有人看到自己原本杯中满满的水变成半满的时候，会抱怨："我只剩下半杯水。"有些人却会说："我还有半杯水。"

　　有时一个好的心态，也能帮助我们渡过难关。

若彤

第一场戏

还是学生的时候，遇到休息日，我时常会去逛街，有时独自一人，有时是三五好友，有时和家人。

很偶然的一天，我和一位姐姐逛街时，遇到一位星探。他朝我们点头微笑，走近一些，他问我和姐姐："小姑娘，有没有兴趣拍戏啊？"

那时的香港街头常有星探，所以我们没有任何疑心。加上年纪也小，难免会对新鲜事物充满了好奇心。

那位星探所属的公司刚好就在附近，于是在姐姐的陪同下我去试镜了。

说是试镜，可实际上，我连如何找准机位都不懂。结束后，那位星探马上就说想签约。按他的说法，我的试镜效果不错，目前有一部戏刚好缺人，拍摄时间又是暑期。"既然不影响你学习，要不要考虑把合同签了？"

我和姐姐决定回家再考虑看看。听到这个消息，妈妈没有反对，反正只是兼职，又不会影响学业。

到了约定的前一天，当时陪我去试镜的姐姐把我们拦了下来。与妈妈的意见不同，姐姐并不赞成我去拍戏："你现在还是个中学生，仍是需要用功读书的阶段。当下去拍戏的话，搞不好以后会分心，连学业也都荒废掉。"

姐姐说这些时，语气温温柔柔，思路也足够清晰。妈妈觉得的确有道理，于是演戏的事也就不了了之了。

虽然她们二人就这样替我做主了，但我并不生气，因为原本就对演戏不感兴趣，之前想去也只是好奇。

002

第二次有人找我，是拍广告。

那时候，我已经毕业，成为航空公司四千多名空服人员里的其中一员。

与第一次如出一辙，也是我正在大街上走着，忽然就有一个人朝我跑了过来，在我面前站定后，略微喘着跟我说："小姐，我是广告公司的，我们有一支广告想请你来拍。"

现在再想起来这件事，我会感慨，为什么那个时候的自己，总能很轻易地就相信别人，甚至都不会担心自己被骗。要知道，在当时，有不少公司借着请人拍广告的由头，实际上还要模特付款给公司。

万幸的是，这家公司不存在此类问题，我才刚步入他们的办公大楼，就即刻有人送来茶水，并且询问拍摄费用以及如何支付等细节问题。就这样，我接拍了人生中的第一支广告。

我至今仍记得，拍摄地点是在兰桂坊，而具体是为哪个厂商的饮品拍摄广告，已然记得不太清楚了。到了现场，首先映入眼帘的，是一辆红色的车子。化妆师与造型师帮助我完成了妆化造型，一切准备妥帖之后，工作人员带我去开始拍摄广告短片。

团队配合默契，一个下午的时间，拍摄就结束了。而酬劳，在拍摄结束之后，即刻便发放给我了。

广告播出之后，反响还算不错。随之而来的，则是看了这支广告后，辗转联系到我的其他广告公司。在不影响正职工作的情况下，我陆陆续续拍摄了一些广告。

003

那时香港的一些片方，常会选一些广告模特拍戏。

《浪漫杀手自由人》剧组在选演员，我的一位远房亲戚刚好在剧组工作，因为看过我的广告，于是就向剧组推荐了我。

试镜通过之后，剧组邀请我去客串一个角色，也就几天，但是有一个问题，拍摄地点在英国。跟公司请了假后，我进了剧组。

我人生的第一场戏，是在香港取景并拍摄完成的。

现场导演让我坐在一张凳子上,随后其他工作人员按照剧情,将我绑在了凳子上。现场机位都对准了我,开始准备拍摄。

根据剧情发展走向,我是被绑在凳子上的,并且处于被打后的状态,满脸都是血。这一场戏并无台词,只需一直哭泣就可以了。而我,竟然很容易就哭了起来。

当时我还在想,原以为会因为缺乏经验导致拍摄不顺,没想到如此简单和顺利。

之后我跟着剧组一起去了英国。那几天,拍摄都相对比较顺利,直到拍最后一场戏时,我整个人都有些不知所措。这场戏的剧情是我被打死,要顺势倒在地上,保持一动不动的状态。不知道为什么,我倒地之后,眼睛一直眨得特别厉害。

只这一条,NG(不通过)了好几次。

导演和摄影师都向我传授经验,他们告诉我:"你就当睡觉一样就可以了。"

第一场戏时,我还觉得拍戏简单,但到了最后一场,才意识到自己之前的想法太天真,我未曾经过系统培训,连基本的眨眼问题都规避不掉,甚至连如何睡觉都忘记了。

多年之后,我与胡兵一起合作《缘来一家人》的时候,有一场戏是我躺在床上睡觉,他在一旁坐着讲话。没想到的是,我竟然真的睡着了。拍摄结束,大家并没有叫醒我,而是让我继续睡。等到醒来时,发现大家都已经不在了。

能够拍摄《妖兽都市》，也是因为这部戏的监制徐克先生当时看了一支我拍摄的广告，他通过广告公司联系到了我。在得知能够与张学友、黎明，还有李嘉欣合作时，我是开心的，因为我是张学友的歌迷。

但我心里面也有顾虑，因为担心电影公司提出正式签约的要求，而我并没有做好真正做一个演员的准备。我曾一度想拒绝，最后在一位朋友的鼓励下才签了合约。

与之前一样，这次也是客串。

第一天去现场拍摄是在晚上，地点是一家酒吧，冷气开得特别足。虽然是夏天，但因为角色的关系，我的服装都比较单薄性感。我冻得浑身发抖，却不敢问现场工作人员是不是能给我一件衣服穿。

张学友就是在这个时候走过来的，他经过的时候，注意到我在不停发抖："是不是冷气开得太低了？"我点点头。

他人很好，听到我说冷之后，折身走到了负责服装的工作人员那里，取了一件大衣过来，递给了我。

后来有一天拍摄的时候，那一场戏我们会一起入画，当时现场负责打光的灯光师在调整位置，我们两个站在原地。

他看了我一眼，突然问："你为什么每次都穿那么少？"

"我也不知道，他们给什么我便穿什么，不是自己决定的，也不是我自己的衣服。"我如实告诉他。

他冲我笑了一下，我未来得及分析他笑的原因，灯光师已经调整完毕，现场催促拍摄了。

后来我才意识到，可能他最初见到我的时候，见我穿得单薄，难免会有所误解。而问我为何总是穿得这么少，实则是想要提醒我，如果不喜欢，是可以去争取替换掉的。

005

有一次我只一场戏，差不多都已经结束了，但导演却希望我能和张学友将这一场戏重拍一次。

导演说："等一下，他不是要打你吗，你摔倒在地的时候，能不能处理一下你的吊带，让它垂落下来。"

听到导演的这一安排，我整个人愣在原地，想拒绝却不知道该如何做。

张学友注意到了我的反应，而我也将目光看向了他，他很快意识到我并不愿接受这一安排。他看向导演："算了吧，不要勉强人家了，而且我觉得也没那个必要，你觉得呢，导演？"

那时我才知道，原来导演是愿意沟通的，提出重拍也不过是为了追求更好的效果。得知我不愿意后，他果然放弃了重拍的想法。那个时候，我看着站在一旁的张学友，觉得他是我的救星，也是一个真正的君子。

再见到他大概是三年之后。

当时《神雕侠侣》刚集结了制作团队，无线电视也对外公布了将会出演该剧集的演员。在去剧组之前，电视台给我安排了出演张学友演唱的《我等到花儿也谢了》MV（音乐录影带）的工作。

三年未见，我已经完成了身份的转变，由空姐正式转为一名演员，与以前相比也没有那么害羞了。再见到他的时候，可以很自然地跟他打招呼，一起聊天，甚至还给他讲了一个笑话。

拍完MV之后，我跟他说："再见呀，偶像。"

他同我挥挥手，也说："再见。"

在回去的路上，突然觉得人生就好像是一场梦一样。因为几次拍电影的经历让曾笃定对拍戏没兴趣的我，竟也渐渐喜欢并享受上了拍戏。

名字的故事

001

随着网络越来越发达，当下人们交流都变成一件非常容易的事，不再像是从前，须得依靠书信或电话。

休息的时候，我会看一看社交平台上的私信或评论，也会与影迷互动。我就是在这样的情况下，很偶然地看到了一则评论。是关于电影《浪漫杀手自由人》的。细心的影迷很好奇：为什么你明明参演了这部电影，可电影结束后，出演员字幕表时，却未曾看到你的名字？其实有，只不过那时署的是我的英文名Carman。

拍摄《浪漫杀手自由人》时，我还是一名空姐，对自己所处的行业相当满意，未曾想过要踏入演艺圈。答应出演纯粹是出于好奇与好玩。我一直是个对一切都充满好奇的人，很少抵触去尝试新鲜事物的机会，于是就拍了这部电影。

拍完之后，我依旧回去做空姐，每日飞往各地。

002

1992 年，我接拍了人生中的第二部作品，麦大杰先生执导的《妖兽都市》，是一部科幻电影。

拍摄完毕，导演问我："Carman，演员表里你想放什么名字？你有艺名吗？"

很多人进入演艺圈之后，会觉得自己的名字不够特别，便取一个艺名。而我作为一个完全没有打算进演艺圈的人，当然从来没有想过这个问题。

导演沉思了一下："这样吧，今天徐克导演会来剧组，等他来了，你就问他，看他是不是能够帮你取个艺名。"

徐克导演是《妖兽都市》的监制，也是编剧之一，时常会来剧组，但我们交集不多。我想了一下，觉得这件事似乎还是有些欠妥，不确定地问麦大杰导演："可以吗？这样做会不会不太好？"

他笑了一下："他人很好，你放心。"

徐克导演到剧组后与其他人聊天。看他闲下来了，我才鼓足勇气走上前，怯怯地问他："徐克导演，您能不能帮我取个艺名？"

没想到他爽快答应："好，你给我一点时间。"

我当时只一个想法，这人真好，完全没有架子。

003

"李若彤，你觉得这个名字行不行？"

徐克导演这么问我的时候，是几天后。我第一次听到这个名字，就非常喜欢。

"原本只打算取一个'彤'字，但是又觉得'彤'字太硬朗，毕竟你不只有硬朗的一面，于是就想着再加一个稍微柔一点的字。'若彤'挺适合你的性格。"徐克导演解释给我听。

我当时默念着这两个字，刚中带柔，柔中带刚，的确是我的性格。于是当下就感谢了徐克导演，表示自己非常喜欢。这个名字一直用到现在。

虽然这时我已经客串了两部电影，徐克导演也为我取了艺名，但与做演员相比，我更喜欢空姐这个职业，也未曾想过有朝一日要改行去做演员。

但似乎冥冥之中，一切都有定数。

因为生病，我向公司请假，希望能在家休息几日，以确保身体无恙后再去工作。未曾想的是，公司竟然拒绝了我的这一请求，甚至表示希望我加大药量，正常工作。

好巧不巧，我与当时的男友也分了手。两件事叠加在一起，让我有些心灰意冷，甚至一度有离开香港一段时间的打算。

转机就是在这个时候出现的。

004

那时候《妖兽都市》已经上映了。

林岭东导演在电影中看到了我，恰好他执导的电影《火烧红莲寺》正在选角，于是就打电话给我，问我是否有兴趣试镜。

我抱着试试看的想法去了，只是当时的我并不懂得演技章法，完全凭借自我理解，但林岭东导演却觉得不错，当即决定选我做女主角。

他问我："你是有工作的对吧？但是我们这部戏需要去银川和上海，拍摄周期是四个月，工作的事你能协调好吗？"

我回答他："您给我一点时间，我考虑一下。"

回到家中，我想了很多，也想了很久。工作不顺心，恋情以分手告终，这些因素混杂一起，离开香港去别处生活一段时间的想法越发强烈。

我当时跟自己说，就四个月，这四个月足够我修复疗愈了。四个月之后，再去找其他工作也不迟。

于是，我辞了职，就这么离开了香港，同剧组一起前往了银川，开始了为期四个月的拍摄。

005

银川地处西北，去时正是寒冬。

虽然当时一心想要离开香港一段时间，可真如愿了，却发现自己太过天真。

那是我第一次离家那么长时间，刚到银川，就因为水土不服，发生了严重过敏事件，脸上通红一片，无暗疮，但是奇痒无比。电影开拍在即，而我却因为过敏无法上妆。

后来，在当地找了一些人来咨询，他们告诉我：第一，不要用当地的水来洗脸，最好是用矿泉水来洗脸；第二，往脸上涂一些甘油可以帮助恢复。为了能尽快恢复，保证顺利拍摄，我都一一照做。但每次拿着矿泉水洗脸的时候，都觉得心疼，且不说浪费了，那时候酬劳并不多，却因为过敏还要如此奢侈。为此，我哭了不止一次。

还好，一个星期之后，我就恢复如常，不再过敏了。

过敏是小事，我最怕的是晚上洗澡。

银川的冬天非常冷，常常太阳下山了，我们也就收工了。因为太冷，有时还会有沙尘暴，再加上是武侠题材的电影，难免会弄得浑身都很脏。于是，收工之后，回到酒店要做的第一件事就是洗个热水澡。

但洗澡也是有时间限制的，必须要在很短的时间内完成，通常都不足三分钟。因为担心热水不够，整个剧组的人又多，要确保每个人都能洗到热水澡。

那时候，收工后，洗完热水澡，自己一个人待在房间里，我时常做的一件事，就是给一个好朋友写信。具体写的什么，早记得不太清楚了，唯一记住的，就是没少表达自己的不开心。

然而，事后再想想，原本就是为了逃避一些事情，才做了这一决定。人是离开了没错，但事情还未解决，未能从中跳脱出来。再加上一些外在因素，难免会产生人生很难的这种想法。

可我也不忍责怪当时的自己，毕竟当时年轻，人生的智慧还没有得到相应地增长。所有的智慧都并非凭空得来，唯有经历，才会得此馈赠。

006

拍完《火烧红莲寺》，我回到家中想了很久，决定休息一两个月，再去找其他的工作。

正在筹备《飞虎雄心》的陈嘉上导演联系到了我，希望我能去试镜。反正闲在家中无事，于是就答应了。

试镜需要演一场戏。不知为何，我对那一场戏非常有感觉，表现得还算不错，导演也很满意。

试镜是一回事，同时我也不想辜负陈嘉上导演的邀请，然而真到了他们邀请我出演时，我却犹豫了。制片人多次找我，并且最终说服了我参演这部电影。

就当作是给自己一个机会吧，反正暂时也没有工作，再试一次也无妨。

这次拍摄的感觉是完全不同的，我不仅学到了很多关于演戏的知识，甚至开始享受做演员的乐趣。

如果说《浪漫杀手自由人》是好奇、好玩，《火烧红莲寺》算正式出道，那我真正希望能够当个演员，并且享受这一行业，则是因为《飞虎雄心》。

之前我在网上发了这样一段话：我开工，不只是为了影迷，更是为了重逢发光的自己。

而如果真能够穿越时光，回到 1993 年的银川，我会跟那个灯光昏黄下满脸通红写信的自己说：

你好啊，李若彤，我是来自未来的你。你如今所遭遇的，都是人生必须经历的。不用愁，一切很美，你只需大步向前。

关于入戏与出戏

在我个人看来，对于演员来说，懂得入戏是好事。

因为只有入戏，才能够更加了解自己所演的角色。一旦理解了角色的爱与痛，也就意味着作为扮演者可以懂得角色行为背后的动机，表演也会更加合理和自然。

刚开始拍戏的时候，因为是兼职的缘故，对于演戏也都是一知半解，自然不懂得如何入戏。在表演的过程中，有一半是靠自身理解体会，另外一半靠的是导演现场指导。

正式做演员后，稍微懂得如何让自己入戏是从电影《火烧红莲寺》开始。接到剧本之后，我很快就通读完毕，渐渐清楚了解了豆豆这个角色的故事。

机会难得，团队优秀，导演也出色，作为人生头一部做女主角的作品，我自然不能怠慢。我反复问自己：如果你就是豆豆，在遇到那些事情的时候，你会是什么反应？你会产生什么想法？

在自问的过程中，角色身处不同情境时该有的反应、动作和眼神，也就逐渐变得清晰了起来。即便如今再看，虽然觉得我那时的表演略微青涩，但仍会觉得自己的处理尚算妥当。

《火烧红莲寺》是我主演的第一部电影，当时心中装得更多的是对这一行业的新鲜感，和对接下来要接洽的新工作的期待。所以，电影结束后，我很快就出戏了，并未受其影响太深。

002

拍《神雕侠侣》给我带来两点改变。第一，很多人通过小龙女认识了我，直到现在，大家还会叫我一声"姑姑"；第二，小龙女让我彻底掌握了入戏。

除了这两点，《神雕侠侣》赠我的还有一个怪病，口水分泌腺堵塞症。对演员来说，这个病真的是很大的困扰。为何如此说？因为稍不注意，左腮就会突然肿起来，直接影响出镜。但是拍摄结束后的很长一段时间，我都无心顾及此事，因为我发现自己久久不能出戏，仿若仍是江湖上那个一袭白衣身居古墓的小龙女。这给我当时的生活带来了困扰。

有一次同一个前辈见面，聊起此事时，我跟前辈说："每天都觉得自己仿佛真的是小龙女一样。"

在戏中，小龙女近半的时光都是不开心的，而拍摄时间长达五个月，我长期让自己沉浸在角色中，也难免多少会对自己有所影响，以至于会觉得好像真的无法走出了。

面对我所诉说的疑惑，前辈竟然以笑对我，这让我分外不解。

他目光定定地看向我，说："恭喜你啊！对演员来说这是好事，只有绝对入戏，才会难以出戏。要知道，有些演员可能从业好些年，都未曾有过你这样的体会。但其实真要说起来，这又是每个演员必经的阶段。"

"那应该如何出戏呢？"我更关注这件事，忍不住追问前辈。

前辈笑笑，答我："想要出戏，你唯一可以指望的就是自己。你需要不断给自己心理暗示，告诉自己，这些都只是演戏而已。戏份结束，这个角色的一生，你也代替她走完了，对她而言已经无憾。当你能够掌握这些，慢慢地你就会很容易入戏，出戏也不会再困扰你了。"

前辈之所以为前辈，一目了然。

003

《神雕侠侣》结束之后，我很快就开始了另外一部电影的拍摄工作。

电影名为《浪漫风暴》，但故事却相对苦情，既有浪漫，也有风暴。我在电影里的角色也是历经坎坷。拍摄结束之后，我整个人每天都觉得沮丧，看什么都打不起精神。

那时我的经纪人是杜琪峰导演。我觉得长久如此下去，对于我的身心都是一种折磨，再敬业也不应到如此地步。于是，我找到他，希望能听听他的意见，看是否有快速出戏的窍门。他听完我说的事情之后，与当时那位前辈所说的基本无二。

他告诉我："身为演员，出戏和入戏，都得靠你自己啊。入戏是好事，但你也要清楚明白，这就是演戏，这个人并不存在，她的故事也都是虚构而来的。拍完戏，你最先要做的事情，就是赶快把与这部戏有关的一切都忘掉。至于怎么忘，方法很多，比如说多去想想其他事情，让自己全身心集中精力投入到另外一件事情当中，很快你就能从中走出来了。"

道理都是一样，但如何真正实现，终须依靠自身。

后来每次结束一部戏时，我常常都会不断跟自己说：已经拍完了，一切都结束了。戏里所有好的不好的情节，都与你无关。

我好像真正找到了一个按钮，只需一拍，就会提醒自己，你需要出戏了。

004

观众似乎也很容易入戏，对他们而言，出戏同样是一件难事。

直到现在，仍有不少人会特意重看《神雕侠侣》，甚至还造出了"古彤CP"这样的词汇。多年来，一直会有人问我同样一个问题："姑姑，你和古天乐两人拍戏的时候，是不是真的拍拖过？"

这其实是一个美丽的误会。

出演《神雕侠侣》的时候，我与古仔都是新人。当时拍摄紧张，大家的关注点都集中在如何记住大段的台词对白，以保证不会NG。而且拍摄时间又长，结束后能睡上一场好觉已经是最大的奢侈。但我也能理解大家为什么一直会产生这样的想法。这又要说回"入戏"。

每次拍摄前进行妆化造型工作时，还没什么。真正穿上戏服之后，站在片场，我整个人都会完全处于入戏状态，如同着魔一般。

拍摄的时候，因为入戏，我完全做到了满心满眼都只有过儿一人，眼里心中再也看不到装不下其他任何人。那种眼神的流露是自然且真实的。但我未曾觉得这会是一种困扰，因为只有演员的绝对入戏和投入，才能让观众相信这段至死不渝的爱情。

005

《神雕侠侣》播出之前，剧组有联络一些映前宣传活动。

拍摄完毕再见到他，也是因为这样的机会。我们两人在宣传现场碰面，彼此点头致意，紧接着就开始回答各类问题。

宣传活动很快结束，古仔有他自己的电影要拍，我也一样。

彼此的作品一部接着一部，数年就这么过去了。因为后续没有什么合作的机会出现，私底下也没有任何联系。

很多人对此会觉得奇怪，曾经有人这样问我："你们两个人都住在香港，香港又那么小，怎么可能会没有碰到过呢？"

是，我们同住在香港，香港也确实不大，但自《神雕侠侣》工作结束之后，我们各自落在一方，未能相见。

006

再见古仔，是在十六年后。

两人恰巧乘坐了同一航班。多年未见，却不觉生疏，他叫我一声姑姑，我喊他一声过儿。

当时，我们两人做了这样一件事，那就是计算距离上次见面到底隔了多久。不可思议的是，这次见面与上次恰好整整间隔了十六年。

十六年未见这一情节，是属于杨过与小龙女的，也一样是属于我与古仔的。虚构故事与现实出现重合，体现了一个缘字。

即便两人在机舱内碰面，但我们依旧没有特意交换彼此的联系方式。

拍完《女人俱乐部》，同剧组一行人选了一间餐厅聚会，这家餐厅恰好是古仔投资开的。

我们吃饭的时候，他就在隔壁的工作间同员工开会。会议结束后，古仔注意到了我们，特地跑来打招呼。我们两人还在餐厅拍了一张合影，算作纪念。也是在这一天，我们才添加了彼此的微信。

许多人知道这一消息之后，又带着不变的问题前来询问我了："你们俩都没结婚，为什么就不能在一起呢？"

每次看到这样的提问时，我都会觉得影迷好可爱，甚至有些想要向他们传授如何出戏的技巧。

007

《神雕侠侣》播出多年，是无数人的回忆，也是我们这帮参演者和制作者的回忆。无数人记得它，连我们当时剧组里的工作人员也未曾忘却。

某次，一位演员与一位幕后工作人员在国外不期而遇。要知道，他们二人，一个常年在瑞士生活，一个虽然仍在香港但已经从事其他行业，所以当时二人都非常感慨："《神雕侠侣》过去了这么长时间了，为什么我们却没有办过一场聚会？"

在他们的策划之下，《神雕侠侣》剧组工作人员的聚会得以举办。

接到这一消息的时候，我立刻表示："一定准时到场。"

至于谁会出现在聚会现场，我们都不能完全确认。策划者在邀请时已提醒，若是时间允许又愿意出席者，当日直接签名入席。

就这样我又碰到了古仔，在我看来，他从来都是一个一天都不能没有工作的人，也因此一直称呼他为劳模先生。我以为，以他的工作量应该不会到场，但是他来了。

一群人几乎都多年未见，但热闹的气氛不减当年，大家坐在一起，细数曾经经历的种种，感慨时间之快。

有一天，结束工作回去的路上，我看到一则报道推送。在那则报道里，记者提起古天乐是演艺圈的劳模。不知为何，当下很想发一条信息给他。

经纪人就坐在一旁，看着我一个人捧着手机傻笑："在想什么呢，这么开心？"

我看向她，说道："我想给古仔发信息，但是又不知道应该说些什么。"

她觉得我这话非常奇怪，一脸不可思议地看着我，以有些夸张的语气反问："不是吧？你们认识这么多年了，跟一个老朋友问候一声，还需要想应该怎么开口吗？"

我大笑着同她讲："对啊，我们两个的确是认识多年的朋友了，但是我与他的关系又确实很陌生。"

最终，我还是鼓起勇气，给他发去信息："劳模先生。"

008

迄今为止，《神雕侠侣》播放已有二十五年之久了。

依旧记得当初剧组成立，开始拍摄的时候，我头一次在片场见到的古仔。皮肤白白净净，为人谦逊认真。

如今，二十五年过去了，他在演艺事业上有所建树。

虽未经常联系，但是对于他的动态，我多少也都有所了解。每次看到与他相关的信息，我都会为他感到骄傲，觉得他是一个了不起的人。

小龙女

时至今日，仍有不少影迷称呼我为"姑姑"。

原因简单，是因为多数人认识我，是从小龙女这个角色开始的。

其实，当初知道自己要接演金庸先生笔下的小龙女这个角色时，我个人并没有信心。

从小身边就有人说我的长相偏混血，于是我也自觉出演这样一个古典角色略有不妥。之前的《火烧红莲寺》虽然也是古装片，但严格意义上来讲，我在电影里的角色并不是非常典型的古装扮相。这也直接导致了我最初并无信心演好小龙女。

心中如此想，却还是去试了装，当无线电视的化妆部、发型部与服装部帮我完成造型之后，竟然比预想中要好许多。最应感谢的还有一人，他就是《神雕侠侣》的监制李添胜。

得知我极度缺少信心，添哥跟我闲聊时，提出了一些自己的建议，比如：如何说台词才会更有味道。同时，他还在拍摄之前特意安排我去跟随老师学习古典舞。

起初我不懂学习这些的意义何在，后来演杨八妹，再回想起来，才意识到：通过一段时间的练习，具备了古典舞的基础后，走路的姿态与形神，都会与普通人不同。

小龙女久居古墓，气质古典清冷，功夫轻灵缥缈。通过练习古典舞，恰能契合这些特质。而杨八妹虽然也是古装，但因性格不同，所以在处理上会略不相同。

002

添哥还给了我另一建议，其实不是建议，是要求。

他说："有一件事很重要，你最近抽空把金庸先生的原著小说看一遍，有助于你更清楚了解人物角色。"

我很自觉，马上买了一套《神雕侠侣》的原著小说。剧本依据原著改编而成，但小说更为详尽，在看书的过程中，小龙女的形象也更加立体生动了起来。金庸先生写得又非常好，我在读的过程中一直很好奇接下来书中人物的情节走向。在学习古典舞的休息时间见缝插针地读一些，结束学习回到家中后继续读。就这样，我用一星期的时间就看完了原著小说。

此时剧组也已就绪，《神雕侠侣》正式开机。

正式开拍的第一天，算得上顺利。到了第四天时，添哥把我叫走了，我原以为是自己表演处理不得当，他有话对我讲，谁知是我多想了。

"拍摄的时候，你自己最好留意一下，因为拍摄电视剧不比电影，动作不会那么多，但是又一样耗时，你在这个过程中需要注意妆容是不是被吃掉了。"添哥讲这些时，我才意识到一个问题，电视剧的确与电影不同，拍电影时化妆师永远候在一旁，拍摄间隙会随时为演员补妆，因这一层关系，所以我从未留意妆容。

我问他："演得是否有问题？"

"你现在这个感觉是对的，继续朝着这个感觉走就可以了。"他安慰我，"我看了这几天的拍摄，你掌握得还可以，不用担心啦。"紧接着，添哥又打趣道，"真要担心，不如担心一下自己脸上的油光。"

从那天起，我养成了一个习惯，随身携带一个粉扑。我记得特别清楚，那时小龙女的衣服是有一个腰带的，我就把那个粉扑夹在腰带里面，永远都放在腰带里。

没有戏，或临到自己要出镜时，会先提前拿出粉扑，遮一遮脸上的油光，以免影响拍摄效果。后来，不管是拍摄电影还是电视剧，随身携带粉扑已经成为我的一个习惯。

003

相较电影，电视剧的拍摄周期会长一些。

我当时自己住，养着一只狗，因为知道要拍摄几个月，所以提前将它送到了父母家中，请他们代为照料。有很长一段时间，我回到自己家基本上都是卸妆、洗脸和睡觉，而第二天睁开眼，就立刻赶去片场开始新一天的工作。

　　再就是，我给身边一众好友提前打电话："接下来的五个月，我都会在片场拍摄，如果这期间没有什么意外，我不会找你们参加任何活动，你们也不用通知我。"他们都一一应了下来。

　　《神雕侠侣》拍了整整五个月。那五个月，我未曾修剪过一次头发，结束后，进组前的一头短发长到披肩。那五个月，我甚至未曾见过父母一次，每日都在剧组忙于拍摄，只偶尔回家时，发现他们贴心地买了日用品放在家中，也未作逗留。

　　五个月，除了与剧组工作人员相处，其他人我一律不见。听起来似乎有些冷酷，实则是有原因的。

　　小龙女与我之前演的所有角色都不相同，为了集中精神投入角色，时刻保持着她应该有的性格与情绪，我极度担心受他人影响而犯错。而作为亲人与朋友，他们当然万分理解。

　　即便身在剧组，不需出镜时，我也鲜少与他人一起打闹。那时剧组所有的人都知道，如果他们想找到我，直接去休息室，我永远都在休息室内的椅子上坐着。剧组的工作人员打趣："你这个行为，真的好像姑姑啊。"

　　其实真要说起来，我也说不清为何如此，或许是因为不想分心，因为我这个人的性格是这样的，做一件事就必须要集中所有的精神，不可分神。再说起这些，可能会让他人觉得略显枯燥，但我却觉得这段经历有趣且令人开心。

小时候，我总会做梦，梦见自己在天空中自由自在地飞翔。长大做了空姐，也算是接近成为空中飞人。演小龙女时，常需吊威亚，别人都觉得害怕，但我不同，只觉得舒服，甚至是享受的态度。

借着威亚飞翔，如同圆了多年的一个梦，除了开心与过瘾，我想不到其他情绪。

004

因为《神雕侠侣》，直到现在仍有不少人都会以为，我初入行时，是香港无线电视台的签约演员。

其实，这是一个误会，我只是与无线电视签过三部电视剧的合约而已。

原本我只是一个空姐，偶然接了一部戏，误打误撞进了演艺圈。谁知道，竟然也就改变了自己的命运。一眨眼，多少年过去了。

许多人因为小龙女记住了我，甚至有人到现在也只记得我演过一个小龙女。这对一个演员来说是好事，但也算不上什么太好的事。

其实，我也饰演过与小龙女反差极大的角色，其中就有《大内密探零零发》中的琴操。

接拍的时候，我甚至根本不知道这究竟是一出什么样的戏。经纪公司签了约，通知我接下来的这部戏将会与周星驰合作。

闻讯后，我感慨周星驰是个非常优秀的演员，同时也是一个极有想法的导演，能与他合作是好事。

开拍之前，剧组的工作人员为我做了两次造型，第一次未能通过，因为与周星驰心中琴操的形象不太相符。于是，就有了后来电影中琴操的定妆形象。电影里，琴操画的两撇胡子，也是出自周星驰的手笔。他当时想了很多遍，要如何画那两撇胡子才够好看。效果出来时，不少人惊叹，因为琴操与我之前的角色相差很大。

我还记得，第一天去片场的时候，我才发现竟然没有剧本。他们只是告诉我，等一下我们的镜头会怎样推进，接下来应该如何反应。我一一听着，心中有些担心，之前从未演过喜剧，而喜剧又需要一些特定的节奏，它细致到演员的反应、说台词的节奏，如果掌控不好就麻烦了。

周星驰看出了我的疑虑："没关系，你就像是平常演戏那样认真对待就行了，我和其他演员可以给你带节奏。"这件事，直至现在我都记得，总觉得他这个人，不管是作为导演还是演员，眼中始终能看到别人，并且能够排除他人心中的疑虑。

我表现得算不错，但还是 NG 了几次。当天拍摄结束，我跑去找嘉玲姐："实在抱歉，今天大家因为我受累了。"她说："没关系的，不用在意，你别多想。"

心中大石这才落下，慢慢我竟也掌握了一些演喜剧的技巧。

一部接一部，我甚至需要不停进入一些比较沉重的角色，特别是有时候电影和电视剧的角色与戏份重叠到了一起，会觉得有些混乱，甚至无法负荷。

那是1997年的年中，在很寻常的一天，突然感觉整个人特别疲惫，于是心中萌生了一个想法：停下来，自此不再拍戏了吧。

当时我去看医生，因为一直以来都是他为我看病，所以两人时常交谈。我特别兴奋地跟他说："我决定要退休了，不再拍戏了。"他看着我，眼神有些复杂，说了一句："你还这么年轻，就要退休了啊？"

虽然如此，但我并未觉得有任何不妥，并且当真把一切工作都停了下来，休息了很长一段时间。日子波澜不惊，我并没有因为停止拍戏就觉得生活缺少了点什么。

到了1999年，陆续有人通过不同的途径找到我，发出工作邀请，我都一一婉拒了，其中就有《缘来一家人》，但面对人家的诚恳邀约，我只得同意见上一面。

那时候，《缘来一家人》的两位制片人与我约见，他们说起了《神雕侠侣》："这部剧在内地很火，你竟然不知道吗？"

我确实不知，自从开始休息之后，我未曾工作，近乎已经成了半个圈外人。他们同我讲："就算为了影迷，也要继续工作下去。"

这句话，确实打动了我。

拍完《缘来一家人》后，我休息了几个月，又陆续接拍两部。虽然产量不多，且间隔时间较长，让我觉得拍戏也挺令人享受。

直到去横店拍摄《杨门女将》时，我才觉得辛苦。那是2000年，横店尚未发展起来，而我更是连横店这个地方与名字都闻所未闻。以之前的工作经验，心中想的是任何日常用品到现场置办就可以了。

等到了横店，毫不夸张地说，我吓了一跳。

街道上黑漆漆的，没有一盏路灯。我们入住的酒店房间里只有一根长长的灯管，甚至连一条毛巾也没有。我当时整个人不知所措，原以为什么都有，到了才发现什么都缺。

第二天，我在当地仅有的一条街的超市里，采购了一些生活用品，开始了在横店拍戏的日子。

四月的横店总是下着连绵细雨，《杨门女将》长达四十集，演员众多，在片场等了很长时间才只能拍到一个镜头是常有的事。没有戏的时候，我们也需要在一旁候着。

到了六月中旬，我开始感受到横店的威力。横店的夏天，最热时气温高达四十度。而作为一部古装剧，又有不少武戏，我们常常都是大热天穿着厚重的盔甲，戴着假发，在片场打斗。

即便是一动不动地站在那里讲台词，也会汗流不止。就算表演未曾出错，也会收到摄像的提醒："擦一擦，镜头里的汗一清二楚。"

结束拍摄，我整个人黑了不少，粉底足足深了两个色号。站在家人面前，他们差点没有认出我来。

007

到了 2004 年，拍摄了《青花》之后，我就又停止拍戏了。即便有团队找来，我也都一一婉拒。

很多人会觉得好奇，我到底是因为什么而停止演戏？其实连我自己也说不清，是因为不愿离家？还是缺少最初的热情与冲动呢？有时候就是这样，有些问题是没有答案的，只是在某个时间节点做了这样的一个决定。

在旁人看来，我算是二次退休了。可在我看来，并不算退休，只是不想演戏了。

近九年的时间一晃而过，人生仿若大梦一场。

直到 2013 年，我出演了无线电视的《女人俱乐部》。拍完这部戏之后，我基本上也没再怎么拍戏了，只是偶尔去客串一下。

直到这两年，我才开始逐渐活跃起来，可能是一些其他的原因打动我了。从 2019 年开始，每次不管是什么类型的工作，都会让我觉得，工作结束回到家中之后，自己的状态有所不同，人有活力了，也开朗了，心情也愉快了，自我满足感尤其强，同时感觉自己是被需要的，而传达给观众的也是正面积极的感觉。

如今的我，乐于去尝试很多不同的工作。在尝试的过程中，实际上也在不断地更新自己。比如说，现在杂志的拍摄跟以前的形式完全不一样了，广告形式也不尽相同。不断接受新鲜事物，让我感到十分快乐。

当然，我每年还是会去做身体检查，去找我的那位医生问诊。

眼见我又开始工作，他也替我感到高兴："你看，你现在比以前好看多了。"

改变

多年拍戏生涯当中，有一位搭档不能不提。我与他先后一共合作了五部影视作品，细算一下，他是从我入行以来合作次数最多的男演员。

他就是刘青云。

提到这个人，我能想到的对他的印象，全部都是好的。

电影《无味神探》开启了我们的首次合作，随后又接连合作三次，电影《一个字头的诞生》拍摄结束之后，便未有合作了。

再接着，我开始逐渐减少工作，没有再去过多参与影视作品，直到慢慢淡出，离开大家的视线。

但人怎么可以不工作？

明白这一道理之后，我这才又重回到工作中来。也因此，再次与刘青云有了合作的机会，一同出演了电影《神探大战》。

再见到这位老搭档，时间已经过去了二十年。

002

得知要再见到刘青云的那天，整个人的心情极为复杂，我有些兴奋，但又有一些紧张。

兴奋，是因为此前合作数次，对这个人感觉很熟悉；紧张，是想着虽然熟悉，但多年未见，确实疏远了许多。

进入拍摄后，前两天戏份的内容较为沉重，加上大段台词在拍摄时不断修改与调整，而刘青云饰演的角色，在这一段落里的对白较多，修改完就要立刻集中精神熟记下来。身为演员，我非常理解全情投入到角色情绪的那种状态，为避免打扰，也担心此时的问候会耽误整体进度，我没有主动与他聊天。

好在，告别沉重后，我们迎来了电影中比较轻松的部分。

见他神情较为放松下来时，我这才去跟他说话。二十年未见，但那些此前存于岁月中的熟悉感并未见少，我们仍能一起闲话家常。

有一次闲聊中，我没忍住开玩笑调侃他，他很突然地对我说了一句："你变了，你变了。"语气并不严肃，甚至还笑眯眯的。

"怎么变了？"我问他。

他说："你变得比之前话多了，不仅变得敢讲话了，也变得会开自己玩笑了，还变得敢调侃我，变得敢不停去问人家问题了，总之，你变得比之前开朗了很多。"

听了他说了这么多"变得"，我感到非常开心。

原来，一晃过去多年，我并没有白活，有这么多的改变发生。若非他的提醒，我还未曾意识到。

这是好事。

003

因为这些改变，我难免回想起从前。

从前的我，到底是怎么样的一个人？

不懂得开别人玩笑，也不懂别人是在跟我开玩笑。

那时，通常别人原本只是想跟我开一个玩笑，但我却未能及时理解，而是认真思考，再认真去回应。为此，偶尔会觉得有些累。

就拿《无味神探》来说，电影刚开机拍摄没几天，就要进入农历新年。于是，剧组做了一个决定：新年到来前辛苦大家赶几天的工，年前最后一天完成当日拍摄工作后，给大家放假，好让所有人都能阖家团圆。

最后一天拍摄完毕，剧组安排了工作车辆送我回家，这部车子属于电影公司，平时也有其他人会用。

当车子准备送我离开时，我在座位上，看到青云走了过来，应该是要从车上取回自己之前存放的一些物品，当他从我旁边经过的时候，我跟他说了一句："新年快乐。"

结果，他板着脸，跟我说："新什么年快什么乐，我跟你很熟吗？"

当时，我一秒哭出眼泪来，我本以为换来的，可能也是一句新年快乐。

刘青云被我吓坏了，他赶忙说："对不起，我只是想跟你开个玩笑，没想到你这么认真。"

大概是因为经此一事，知道我对"玩笑"这种事不太敏感，自此，刘青云就不大敢跟我开玩笑了。

004

拍摄《十万火急》时，有一场戏的拍摄场景是夕阳时分。当时导演觉得夕阳还未到足够好看的时间节点，于是，全剧组的工作人员都在拍摄现场等待。

负责打灯的工作人员在提前做准备，时刻准备等导演发令开始接下来的拍摄工作。我一人独自定定地站在栏杆前，看着夕阳，也不清楚怎么回事，突然想起了之前的一些不是特别愉快的事情，于是整个人的情绪就变得极为低落。

刘青云就是在这个时候走了过来，他站在一旁，用非常轻松的语气问我："看什么呢？"

我转过身看他一眼，他见我脸上挂着泪，被我的样子吓了一跳，说："不好意思。"再接着，他就沉默下来，没有再多说一句，而是伸出手在我的肩膀上轻轻拍了一下，这才转身走开。

别小看这一个小小的动作，虽然他只是轻拍了我的肩膀一下，但实际上，却是在无形中给了我一种鼓励。

看到一个女孩子在哭，但他并不追问到底发生了什么事，也没有觉得事不关己，立刻起身就走，而是轻拍肩膀给予力量。

一切尽在不言中，全凭自己体会。

我猜，当时的他应该察觉到我是个感性的人。至于我，在我来看，他应该也是一个感性的人。

大多数演员都相对感性，不感性的话，没办法当一个演员。

005

后来，我们又合作拍摄了一部电影。

差不多快要拍摄完成了，有一天我们两人闲聊的时候，他突然问我："为什么你不去选择另外一个角色来演？"

当时的第一反应就是，我是可以做选择，为自己争取的吗？

刘青云提了个好问题。

之所以出演这个角色，完全是公司为我做的选择。但说实话，如果让我自己来选择，也希望能去争取一下另外一个角色。

那部电影中有两个女性角色，与我饰演的这个相比，另外一个角色更具有争议性，也对演员有着更大的挑战性，这是每个演员都乐于尝试的事情，毕竟会有突破，得以拓宽自己的戏路。

但存在一个问题，演员可能会因此担上一些风险。

后来我才知道，之所以未选择另一角色，是因为当时公司的经纪人担心我个人的形象会受角色影响，才不愿冒险。

可实际上于我而言，身为演员，我向来没有什么偶像包袱，也从不会太过看重形象带来的压力。因为我心里清楚，演戏原本就是职业而已，若因挑战性和争议性就放弃成长机会，实属可惜。

这个问题，是出于刘青云的一片好心，但让我感触更多的却是，与其将这句话定义为问题，实则更像是他给了我一个建议。

有些选择、有些决定，是可以靠自己去争取的。

无缘无故吃什么饭

之前在剧组工作时，有幸结识了一位朋友。

我们两人谈得到一起，最为难得的是性格也极为相似。因为
这些，那几天工作结束之后，我们两人常会待在一起，总有聊不
完的话题。

虽然相识的时间并不长，可有些片刻，彼此之间的默契，却
像是已经相处了多年的好友。

期间我向剧组请假一个星期，再见面时，我心中只有一个感
觉，明明刚过了几天，为何她却像完全变成了另外一个人似的，
之前我们都觉得，看到对方的时候仿若照镜子。但当下，这个人
对我却宛如陌生人。

我很快意识到，多半应该是我离开剧组的关系。在此期间，

她又结交了新的朋友，有所变化也都在情理之中。

每天结束工作之后，我习惯回到酒店里，做一些简单基本的健身。她则会随着新朋友一起去聚餐或去酒吧。互不打扰，倒也不错。

我们两人从之前的无话不说，变为见面点头的泛泛之交。偶尔我会想，到底她真实的一面是我最初接触的那样，还是说她原本就是个喜欢热闹的人？

002

提到演艺圈，很多人都会觉得，演艺圈里诱惑太多了。

对于这一点，我不否认。但话又说回来，大千世界，哪个圈子里没有诱惑？可能只是我们并未有机会看见。

我们这一生，会遇到爱，会遇到友情，也势必会遇到诱惑。

有一次，一位许久没联系的同行朋友，突然打电话给我。寒暄几句之后，她就转到了自己的话题上："是这样，我有一位朋友，他最近要来香港玩。他喜欢你很久了，所以拜托我问问你，是否能够跟他一起吃个饭。"

"你朋友喜欢我？他想追我吗？"我问。

可能她未料到我会做出这样的反应，当下觉得很奇怪，但很快就回复我："追你？他倒是没说。不过，我觉得，他只不过是想结识一个不同类型的女伴而已。"

你看这个人，你把她当朋友，她却如此待你。但我无心发火，而是耐着性子问她："那你会不会一起去？"

她很快就说："我当然不去啦，但我会替你们安排好一切。"

我原本就有些想发火，又听到她如此说，更加觉得过分，便在电话里说："有件事情你得弄清楚，是你的朋友来香港，不是我的朋友。你说大家一起吃顿饭，不是不可以，但你自己不去，我跟你的朋友又不认识，有什么好见面的？又为什么要一起吃饭？"

面对我的质问，她并不作答，而是一直沉默着。我想了想，很直接地告诉她："如果说，你的朋友确实真的非常喜欢我，想要通过你来认识我，甚至想要来追求我，我觉得这些都没有任何问题，可以接受。但是，如果他另有所图，我可以明确告诉你：第一，我并不缺钱，我有能力供给自己的生活；第二，我也不会与这样的人有任何关系。"

大概是听得出我说这些话时带有情绪，当时她也有了压力："这个朋友一向很照顾我，我也是受人之托。"

我当然理解，却也为她未能足够尊重我而觉得失望，挂断电话前，我告诉她："那就烦请告诉你朋友，我没空，也对这样的事情不感兴趣。"

此事过去了好长一段时间之后，某次因为工作宣传的关系，我们两人在现场碰了面。我原打算假装之前的事情未曾发生，如往常一样与她打个招呼。反倒是她，看到我就像是见到了仇人一样，立马转身离开了。

虽然不能再做朋友，倒也不觉得遗憾，毕竟以朋友的标准来看的话，她并不及格，甚至可称作损友。

003

有一年，我接到了美国一家影视公司的试镜邀约。

作为演员，能与不同国家的团队合作，的确是一种历练的机会。与团队里的工作人员见面后，我顺利完成了试镜工作。

正打算与他们道别回家静候通知时，那位负责试镜的男士突然拉着我："我们聊一聊。"

我刚坐下，他就问我："你晚上有空吗？要不要一起吃个饭？"

又是要吃饭，我当时的第一反应就是生气，也实在想不明白，我受邀来试镜，而你的工作是负责试镜。试镜结束便可两散，无缘无故吃什么饭？

见我不说话，他又说道："昨天你们圈内的另外一个演员来试镜，结束后我们就一起用了餐。"

我怒火中烧，直接站起来回了他一句："没空。"

当然，这部戏最后也就没有任何下文了。我倒不觉得可惜，即便换作现在，若是再遇到这样的事情，我依然会如此做。

其实，这样的事情在职场里并不少见，但多数人都无法得当应对，甚至不知道应该如何处理。对此，我略有一些心得，未必真正奏效，但不妨一试，毕竟我是一个成功的亲历者。

这样的事情往往多半发生在女性身上，又没有办法直接当面拒绝，因为总会担心再见面时大家尴尬。这种情况下，装傻是绝佳选择。当对方提出无理的要求时，完全可以假装听不懂对方在说什么，并适时用另一话题岔开就足以了。大家都是成年人，有时候答非所问，一样能化解问题。

004

我决定进入演艺圈之前，曾与一位好友聊了许多。他年纪大我一点，很早就进入社会开始工作，在他身上，沉着与稳重的特质尤其明显，是个真正可以信得过，并且能够询问意见的人。

他得知我的决定之后，郑重地跟我讲了这样一段话。

他说："作为朋友，不管你做出什么决定，我肯定是绝对支持的。但有一件事，我得告诉你，那就是演艺圈里势必会有不少诱惑，我希望你在面临诱惑时，永远都能够保证清醒自持，不忘本心。"

这段话，我一直记到现在。

同时，我也因此得以明白一件事，那就是当诱惑来临时，能够保证让自己清醒自持的最强后盾，永远都是千万不要把自己推入到被选择的境地。要成为那个掌有主控权的人。只有当你足够强大，才能直面诱惑，并且可以做到直接拒绝。如此，也就守住了本心。

身为演艺从业者，大起大落实属常见。

可能今年接了不少工作，也许未来两三年都没有一个工作。但生活仍要继续，也不可能轻易去转行做其他事。

不管从事任何行业，都理应踏实工作，认真规划，好好生活。不能做活在云端的那类人，因为不够接地气，当某天从天上跌落到地下时，是根本无法适应的。如果此时恰好又有诱惑当前，难免会做出错误选择，可称作一件惨事。

所以，我常常会提醒自己，无论何时，永远不要把自己看得太过重要，即便世间只你一个李若彤，也并非不可取代。

因此，一直以来我的理财概念是这样的，比如某天银行卡里只剩下了十块钱，我最多只会用掉五块，剩下的那一部分则用来为日后做打算，以此来保证让自己不至于陷入被选择的境地。

我曾经接触过一些女性，她们结婚之后，很快就生了孩子。在丈夫的劝说之下辞去工作，成了全职太太。在外人看来，丈夫在外赚钱养家，她做全职太太，看上去很清闲。但实际上，因为辞去了工作，断了收入，就连日常开销都是从老公那里得来的。又过了数年，丈夫出轨了。她想要离婚却根本没有底气，因为自己做全职太太的这些年早与社会脱节，想要重新开始工作万分艰难。于是，她们只能这么睁一只眼闭一只眼，勉强继续生活。

所以说，无论何时都需要清醒自持，不必完全依赖他人，这样无论处于什么样的境地，都有能力将自己照顾得很好。

这些年来，我常常会同身边的一些年轻女孩子讲同样的一段话：要为能够把自己照顾好这件事感到自豪。他人是能照顾好你，但谁能保证往后对方都这样？

世事无常，凡事都会发生。只有将命运握在自己的手中，不受制于人，自己照顾好自己才是最重要的。

006

这些年，随着年龄的增长，也相应增添了不少智慧。

回想刚入这一行的时候，连自己都觉得有些傻气。别人说什么，都完全不清楚那些话语背后的真正含义。现在不同了，对于一切明示暗示的话，均能立刻理解，也还算应对自如。我会开始懂得对身边所接触交往的人进行筛选，谁是真朋友，谁是泛泛之交，全都心中有数。

我们中国有句古话"近朱者赤，近墨者黑"，我深以为然。

在日常教育筠筠的时候，我难免也会跟她讲到这些："人以群分，物以类聚，我们选择跟什么样的人做朋友很重要。因为你接触什么样的人，就会受到什么样的影响，甚至会直接改变你的价值观。"

对一个孩子来说，这些话到底还是有些深奥。孩子择友极为简单，须得合眼缘，须得有共同话题，并不存在任何利益关系。如此一想，倒觉得似乎是我多虑了。

人生还长，有些事和道理，不必急。

保持好奇

做空姐那几年，每次坐出租车回家的路上，我都会坚持做一件事：认真看出租车司机开车。观察他们会选择走哪条路，哪些路能够巧妙地避开堵车，不至于在路上耗时太久。

司机多半都是活地图，跟着他们来研究和熟悉路线最为合适。

说来也怪，那时候我还未考驾驶证，甚至连车都不会开，却非常关心开车应该走哪条路最为合适。因为这一习惯，我还曾闹出了一个笑话。

有一次，我和一位朋友一起搭乘出租车去某地。刚一上车，朋友就迫不及待开始聊天，见我未作回应，她推了我一下："你怎么不理我？"

我如实回她："不要跟我聊天，我在看司机走什么路。"

她很好奇，不解地问："怎么？你是打算开出租车吗？"

我一边认真看着司机开车，一边跟她解释："当然不是，我只是想着，将来有一天我肯定是要考驾驶证的。开车势必要熟悉路线，所以我总是会留意司机开车。"

有几个朋友听说此事后，纷纷笑我："可是你报名考驾驶证了吗？"

002

这一点，在工作上也有体现。

做了演员以后，幕后工作都是团队打理。我只需在具体执行时了解注意事项，全力将幕前工作做好。

但我是那种即便这件事情未必会去做，也一定要懂得的人。我时常向经纪人发问，会询问她一些工作的操作流程，因为考虑到将来或许会用到，所以必须要弄清楚。

真要说起来，原因有二：一来，是有满足自己好奇心的缘故；二来，是始终都还保有学习的精神与习惯。

对于一起工作的同事，我当然是绝对信任，但这并不代表我任何时刻都可以直接坐享其成，那样的话跟一个提线木偶基本没差，想想也会觉得无趣。人生最大的乐趣就在于，世上总有你不了解的事，总有你能学到的知识与技能。

还有，我始终明白一件事，即便是十分了解你的同事，他们也不可能顾及你的方方面面，总有需要我们独自解决事情的时刻。

穿上戏服，大家配合你演出，帮你处理各类事务。脱了戏服，没有人有义务一直服务于你。

003

保持好奇，确实无错，但也会让人为之头疼，我的经纪人就深有体会。

比如说，有时候面对我的一些问题，她给出了答案，同时她又有其他的事情要去忙碌。而我在接收到讯息之后，也了解了七七八八，可总有新问题随之而来。问个不停的状况时有发生。

追问者不觉有何不妥，回答者却可能会觉得头疼。我当然理解，因为像我这样习惯追问到底的人，在某些时刻确实有些烦人。但我也会告诉自己，不知者无罪。况且，了解得越多，就越能减轻别人的一些工作负担。

像是平常家中的家电坏了，请人来维修的时候，我也会在一旁围观。不见得一下就能学会，也不见得自己以后会亲自解决，但如果下次再出问题的时候，大概知道问题究竟出在哪里。

004

新媒体兴起之后，我也认真去学习了一段时间。

这其中，好奇心占据了很大的一个比重。原因很简单，和外甥女相处的时候，我经常告诉她：永远要对这个世界保持好奇心。

对孩子说教，远不如以身作则，成为她的榜样。

再就是，我一直都觉得，无论在任何时候，一个人都应尊重自己的职业。当团队告诉我需要了解新媒体的时候，我的第一反应就是尝试学习。

现在，我不仅知道如何在网络上与影迷沟通聊天，与他们分享自己的工作近况，还学会了自己录制短视频教大家健身、保养。同时，我也借助新媒体了解了那些喜欢我的影迷的故事，学习到很多新的词汇与技能，以此确保自己能跟上这个发展飞快的时代。

有一次，我看到一则关于嘉玲姐的采访，看完之后，发自内心觉得她是真正跟得上时代进步的人。在通往前线的人里，她永远是头一批，并且紧跟趋势与潮流，借助新生事物，让自己的人生更加精彩。

我想，我们每个人都应该具备这一点，永远对这个世界保持好奇，才能不断进步。

允许自己慢一点

这几年最大的变化，大概就是我学会了接受，以及允许让自己慢一点，并且不会为慢下来这个事实而感到焦虑。

从前，这些是我想都不敢想的。

每个人都会焦虑，在我刚入演艺行业头两年的时候，就深有体会。那时候每次拍摄将要结束时，旁人都会感慨，终于可以休息一段时间了，而我却不同，因为一个工作结束，接下来何时开工完全是个未知数。

在常规行业工作，人们总有事可做，也就不必担心无薪水可拿。但做演员与做空姐不同，正是因为这种不同，我难免会因为一个工作的结束，将内心的不安全感瞬间放大。

好的一点是，起初拍戏的时候，真的是工作接连不断。往往一个工作结束，又立刻会有新的开始。

但工作不断也有一个弊端，那就是长时间投入到工作当中，少有休息的时间。先撇开自己的生活不说，与家人相处的时间也变得少之又少。

取舍，全在个人。

002

真正让自己慢下来，才得以有机会回望自己的人生。

倒带回看一遍，才觉得简直是天差地别。我也意识到，从前完全是紧张过日子的状态，甚至有时恨不得能有分身，一个工作，一个顾家，两不耽误。

也是因为慢下来，我才真正开始享受生活，有机会去做以前想做却少有机会能够做的事。

比如说下厨房。我以往总在剧组待着，吃的也都是工作餐，能下一次厨房，亲手制作一道美食，都是奢侈的事。慢下来之后，这一件憾事得以解决，我终于能够走进厨房做一餐犒劳自己。更是有机会自创了不少菜式。关于吃多少这件事，我向来不会担心，因为我常说，健身是为了想吃什么就吃什么。

我开始有时间一遍又一遍读医生朋友推荐给我的书，也会追新上映的电视剧，时刻关注剧情的进展。

最重要的是我多了不少机会与家人相处。爸爸还在世时，只要有时间，我总会带上他和妈妈一起外出旅行。只不过如今去旅行的人剩下了我和妈妈两个。

当然，日常运动、保养不会随着工作减少的。身为一个演员，还是要具备这一职业素养，毕竟慢下来不代表终止，早晚还有上镜的一天，而镜头是最严格的检验。

003

不知道是否与年龄有关，我自觉分外享受慢下来这件事。

人生在世，难免会有不安全感，担心自己不够努力，担心自己会被取代，担心自己的生活状况。所以人们时时刻刻精神紧绷，但结果未必如自己所预期的那样，反而更累。这些我先前会产生的焦虑和对未来的担心，如今一点点减少了。

有时候，允许自己慢下来是对自己的一种变相奖赏。慢下来，多出了更多的时间与自己相处，也能够更加清楚明白自己内心的真实需求。

就拿我个人来讲，如今已经不会再为明天没有工作而担心，反而真正开始享受每一次的工作。每一次开工，都会由内而外地觉得身心舒畅，那个时刻，我自觉头顶是有光芒的。

允许自己慢下来，不代表完全停下来。慢下来，不仅不耽误前进的步伐，还可以给自己不断充电，这样做的好处是，再次前行时不会觉得吃力。

你也不必为自己前进的速度不够快而苛责自己。要知道，世上可能的确有完美的事情，却没有完美的人。

人生长途漫漫，适当让步伐放慢一些，接受自己的不完美，和那么一点点瑕疵，所见所感，也许都会更为深刻。

有效拼搏

之前录制节目，主持人问过我这样一个问题："与你同时期的女演员，似乎都很努力，有的还凭借一些作品取得了一些奖项。你会羡慕她们拿奖吗？"

我还记得自己的回答是："我从不羡慕别人拿奖，相反，只会羡慕她们结婚。"其实连我自己都清楚知道，这一句内心独白，难免会让人误解。

写到这里，我觉得有必要为自己简单解释一下。

这件事，我在不同的场合和情境下讲过许多次，那就是进入演艺圈并非我本意，完全是误打误撞。虽然如此，但我从来都是认真对待接到的每一个工作，都会以自己的全部精力投入其中，未曾将哪一次工作当成儿戏。

与别人相比，我参与的影视作品或许并不算多，但我自觉在作品的质量上对得起自己，对得起制作方，也对得起观众。

我也清楚，很少有演员会像我这样任性随心的。大多数人身处事业上升期的时候，兴许都会在心中想，要再努力冲一下。而我始终觉得，拿奖固然是好事，但不见得一定要非拿不可。

说到野心，其实我也是有的。我的野心是能接到一个好剧本，可以出演一个自己真心喜欢的角色。

有一年，看了蒋雯丽老师出演的电视剧《金婚》之后，我非常羡慕她能够有这样一部作品。角色的年龄跨度特别大，而蒋雯丽老师将其每个年龄段的状态、面对各类事件时的情绪，都拿捏得很好。

这是我多年来一直都梦想的一件事。只不过，好剧本可遇不可求，好角色亦然。只能够静静等待机会的到来。

002

其实早在多年前，一位著名监制就曾这样评价过我——"她是一个没有野心的人"。

确实，我向来不会因为觉得这部作品不错，就会主动去出击，为自己创造和争取机会，也不懂得把握时机为自己做宣传，提升影响力和知名度，更甚至，一度将感情摆在第一位。

好在我擅长一件事，就是在得到一个机会之后，不遗余力地去完成自己的任务。而对于如何才能提升知名度，增加自己在观众面前的曝光率，甚至是增加作品的数量，这些都不是我擅长的，也从不会去刻意为之。

对于任何事，我心中都有一个限度。比如说，遇到再喜欢的项目，我不习惯去花尽心思向人讨要，如果恰巧对方也属意于我，能够邀我去试镜，大家得以有机会见面聊聊都是好事。当然，在去试镜之前，我也必然会做足准备工作。

我说的这个准备，是指熟知所要接洽的工作，了解人物的性格。只有如此，才能在试镜的时候，会让对方萌生出"你很适合这个角色""这个角色就是为你创作"的想法。

003

在我看来，野心从来都是个中性词。

有时人们将它看作褒义，有时人们也会将它视为贬义。具体如何解读，要看人们的野心为何物，又要看人们具体将野心放置在何处。

每个人或多或少都有自己的念想，甚至为此产生执念。但你也要清楚明白：心中有目标是好事，但不能为达目的而丢掉自己的底线和原则。

有些路，不一定非要靠踩踏他人才能走过；有些事，自己心知肚明不应该做的就该杜绝；有些交易，若是不道德的，一定要记得避开；有些机会，靠手段或许能将其收入囊中，可不见得是长久之计；有些时刻，不能为了抬高自己而贬低别人，完全可凭借自身努力提升，让自己优于他人。

有野心固然好，心中笃定自己的目标，凭借有效拼搏是可以达成的。没有野心的人，不必过分苛责自己，也不必担心他人如何看待自己。

毕竟，谁都无法代替你来生活。只有靠自己拼搏得来的结果，才会受之无愧，甚至会让你引以为傲。

最重要的是，那些在拼搏过程中得来的经验与教训，是生活对你最好的馈赠与奖赏。

恋人啊

亲爱的你：

　　每个人都有自己喜欢的生活方式，包括拍拖。

　　曾经的我，为了恋人可以放弃一切、放弃自我，甚至变成一个依附在别人身上的物件。

　　为何我会说是物件，而不是一个人？因为它已经没有属于自己的灵魂，喜怒哀乐完全掌控在别人手上。

　　当然，因人而异，这也未必肯定是错的，更甚至有些人会乐于享受如此，我也的确曾见过这样的人物，他们自觉过得无比快乐。所以，我们不必、也不可去随意批评别人的选择。

　　不管你认真爱过的那个人，待你如何不堪或珍贵，过去的就让它过去，别跟自己过不去。

　　如果当下有人在身边，让你觉得该珍惜的，一定要好好珍惜。

如果暂且没有，至少你还有自己。

好好爱自己吧。

余生很贵。

若彤

那些爱情教会我的事

001

有一天工作结束晚了些，回家路途中，眼睛隐隐作痛，是长时间佩戴隐形眼镜的缘故。

通常到家后，我做的第一件事就是去洗手间洗手，将隐形眼镜取出。眼睛在得到解脱的一刻，略略有些干涩，视线一片模糊之际，忽然想起年少时的一件小事来。

我那时候有一个拍拖对象，这段感情让我把少女情怀展示得淋漓尽致，具体表现在：完全不懂得体谅对方，落实到具体生活里，就是爱到连分秒都要计较，总希望能够多与他相处一段时间。

我们经常会在晚饭后相约一起去河边散步。其实也没那么多话可讲，两人只是单纯走路，偶尔聊上两句。

少年相爱，觉得世间一切都是相爱的，天大地大，万事都得为一个"爱"字让步。

有一次，我们两人如往常一样散步。差不多到了十一点多的时候，他提议回去。

我并没有问他缘由，只说："我还不想回去，再多待一会儿吧。"

后来，他不断提议，问及原因时，他告诉我："因为戴了一天隐形眼镜，眼睛不是特别舒服。"当时我并不理解，只觉得这是一件小事，并且跟他吵了一架。

后来当我自己因为隐形眼镜导致眼睛不舒服时，才意识到——不会因为你的坚持，眼睛就会没事。

这段青涩的感情教会我一件事：真的爱一个人，要懂得体谅对方。而对于有些自己不懂或是没概念的事情，首先要做到的，是尊重和相信对方不是说谎，理应让步与理解。

002

多数人在爱情里都是学徒，会不自觉把上一段感情中得来的经验与智慧带入下一段感情中。这是人之常情，我也不例外。

在第二段感情中，我好像变成了另外一个人，开始学着体谅对方。后来才发觉，当时的自己一度体谅到有些过度，甚至有些过分迁就了。

那时候两人约会时，他经常会骑摩托车接我。而我一直都特别惧怕坐摩托车。他知道后，体贴地买了一辆私家车。但是几个月后，他却坚持不下去了。为了方便找地方停车和避免堵车，我们又开始像从前一样，他骑着摩托车载我去约好的地方。

我不是无理取闹的人，又因为总会时刻告诉自己——要体谅别人，于是就都一一答应了。

穿裙子坐摩托车不方便，那就改穿裤子，但还是被排气管烫到了小腿。当某天，我向他委婉表达不愿再坐摩托车时，他板着一张脸，认为我在给他制造麻烦。而我，当然不愿给他添麻烦。

当时，我自认为，如果真的爱一个人，理应配合对方所有的一切。后来再回想起来，我才明白，有一件事一开始就错了，那就是对方从未在意过你的需求，也没有感谢你为他做的改变，甚至有些得寸进尺。

遗憾的是，我当时深陷其中，所以未曾意识到，自己是从一个极端走到了另外一个极端。

003

再后来，我简直就是把这种错误的观念发展到了极致，甚至一度完全失去了自我。似乎只有他才最为重要，而自己，根本不值一提。毫不夸张地说，当时总觉得，没有这个人，我也活不下去了。

很多人在感情中可能都经历过这样的阶段：爱一个人时，总会开心着他的开心，忧愁着他的忧愁。于是，即便对方当时的要求是无理的，也会因为"我若爱他，理应配合所有要求"这一想法而去接受。

他不希望我拍戏，我就停掉工作，一度从所有人眼前消失；他不喜欢我涂颜色鲜艳的指甲油，我就干脆不涂；他希望我能穿得成熟一些，我就果断放弃了自己喜欢的打扮。后来我才真正意识到，一个人穿衣打扮，原本最应取悦的不是自己吗？

就连他拒绝拜见我父母时候，我都能为他想出一大堆理由来。但每个周末，他却总会要求我和他的家人一起聚会。逢年过节，无须他开口，就能令我自动放弃与家人一起过节的想法，对此，他未曾感激，甚至总是会说："我从来没有让你这样做呀。"

每次回想起来，我都会觉得：你爱一个人，爱到事事以对方为重，你有妻子的责任，实则并没有妻子的权利。

两个人相处，要迁就、要体谅、要懂得照顾、要彼此支持、要尊重、要珍惜，这些都是理所当然的。可我唯独漏掉了一个关键词，那就是——互相。

任何一段感情当中，如果只有一人做到这些，那么这段感情就是不健康的。而做到的这个人，实际上是在无形中将自己置身于一段危险关系当中。

004

爱只一个字，却包含万千，每个人在其中得到智慧，却并不相同。

它教会我的，是时刻拥有保持自我的能力。还有就是永远记得，我们需要的是一位伴侣，而他们需要的，也不是另一位妈妈。

两人相处过程中，势必会出现一方照顾另外一方的情况。毕竟，爱人的出现就是填补对方所缺失的东西，但如果事事如此，这位男士不如回到自己妈妈身边。要知道，作为一个男人，理应有所担当。

在之前的感情中，我还学到有时候懂得适当放手是智者之举，也意识到在表现出自己能力的同时，尽量不要让他人产生"你这么强，有他没他都一样"的沮丧感。

005

两人相处，须得先有爱。

爱有无数相处之道，其中一点，就是懂得包容彼此的缺点。爱最妙的地方在于，两个完全陌生的人走到了一起。我们熟悉父母与兄弟姐妹之间的任何习惯，可恋人不像父母，不比兄弟姐妹，也因此需要磨合的过程。两人在生活过程中，会存在诸多不一样的习惯：有人喜欢关灯保证全黑才能入眠，有人却习惯留一盏灯；有人习惯赖床，有人则有着固定的作息时间。

爱里最不缺的，就是自我催眠。作为曾经在爱里迁就对方的角色，我在后来才意识到，即便爱得再深，也要懂得适当拒绝。

不强迫自己迁就，也不强迫自己反抗，从心最为关键。有些事，就算当真自我催眠，也要时刻告诉自己，是自己心甘情愿如此做的，但未必别人当真喜欢，未必全对。

除了用心感受，我们也得睁开眼看清楚。心中所谓的爱，到底是实是虚。如果所见为虚，是不真诚的，那么它必定不会恒久地保持下去。毕竟，谁也不可能戴着面具与人共度余生。

如果一个人恒久地对你好，但是后来因为一些事情伤害到你，有可能只是感情变了，并不能抹杀掉这个人曾经对你是如此真心真意。

爱，永远是一门深奥的、学不完的，且没有正式教材的课题。一百对伴侣，就存在一百种相处之道。

在爱中遇到任何疑惑，不妨去问问身边足够有智慧的人，他们的经验也许未必适合我们，但总会有参考价值。

若习惯独自解答，那就交由时间。时间会给你一切答案，包括爱。

分手后

我对王语嫣这个角色，又爱又恨。

爱她天真无邪，爱一个人时用尽全部力气；恨她什么？恨她过目不忘、天资聪慧，却错付深情，为一个不值得的人吃尽苦头。

身为局外人，我觉得她没有个性。即便当年进入角色，却依旧无法理解王语嫣为何对慕容复一往情深，甚至一度爱到没有自我。

《天龙八部》杀青之后，我再没有主动想过王语嫣这个角色。

直到金庸先生去世，一时之间不少媒体来采访我，很多人都问了关于我对王语嫣的看法。对过往梳理了一番，我这才在多年之后重新认识了这位王姑娘。

时间在流逝，我的想法也与从前有些不同。当年之所以不喜欢王语嫣,是因为她是我某段感情的自我投影。不是她不够好,而是我在她的身上看到为了一段感情艰辛走下去,甚至也曾一度丢失自我的自己,于是连带着也不喜欢这个角色。

如今再看,我欣赏王语嫣身上一点,她爱着慕容复时是全心全意的,眼中再无旁人。慕容复不爱她吗?可能有感情,但不深。在慕容复心中,爱情远低于复国大业。由此看来,慕容复对王语嫣更多的是利用,真心少到可怜。

好在王语嫣最终还是看清了慕容复的自私。清醒后得以离开薄情人,与段誉走到了一起。

明知这只是一个虚构的角色,但我仍为她感到开心。你看,只有挥别一段错的感情,我们才会与对的人相逢。

002

在感情中无谓坚持的不只王语嫣,还有《两个只能活一个》中的 Carman。

Carman 是我的英文名,也是我与金城武合作的《两个只能活一个》电影里的角色的名字。

电影中,Carman 年少时为男朋友付出所有,甚至做了一些违法的事,为对方坐牢。而男朋友并没有为此感动,反而与她分了手。

出狱后的 Carman,外表不堪,缺少自信与勇气,但心中还爱着抛弃自己的人。她傻到以为只要自己有一笔钱,把自己变漂亮，重新出现在前男友面前，就能回到从前。为此，Carman 决心去做杀手。

Carman 当然没有勇气杀人，最终，一身邋遢地去找前男友。而真当再见面时，两人早已认不出对方了。

他们都变了。

他不再是以前的模样，而她看着眼前这个人，突然意识到：这就是抛弃我的人，这就是我一直想着的人，一个不值得自己再爱的人。

临走前，她说了一句："我觉得我自己很不知所谓。"

Carman 是电影中的角色，但现实生活中如 Carman 一样的人不少。

分手后，很多人难以忘记前任，也都没有意识到一个问题：往往我们之所以怀念一个人，忘不掉一段感情，不是因为这个人有多好，更多的是因为，我们自己曾经在这样的一段感情中，无所畏惧，赤诚天真，付出一切。

即便我们晓得只有放下心中的执念，才能轻松迎接新人生，但是放下不是一件容易的事。

003

我尤其喜欢《如懿传》里如懿这个角色，因为在她的身上，你能看到感情里最痛苦的状态，两个人仍旧在一起，但心早就分开了。所谓同床异梦，大概就是这个意思。

我曾在一段感情中经历过这样的状态。

与他在一起之后，我一直都保持一个习惯：不管多晚，都要等他回家，着手为他准备一切，两人一起休息时才会觉得安心。

在等他的时候，我睡倒在沙发上过；在卧室里等睡着过……某一天，我突然意识到，我的人生不能总是在等待中度过。于是我告诉自己，我依然等他，但如果到了某个时间点，他还不回来，我就不等了，自己也能入睡。

我与他从无话不说到无话可说。

人还在，但心不在了。以至于分手的时候，想起来仍会觉得心痛，有时候，一段感情的结束，不是因为没有爱了，而是两颗曾经热络的心无法如以前那样。

所以，看到如懿的感情走到最后，我非常有感触。因为经历过，所以懂得，而周迅的处理，是极为巧妙的，因为有时候也不是不会痛，只是失了声。

004

当年，结束那段长达十年的感情之后，我一度痛苦不已，很难释怀。

我在心里暗示自己，失恋不像是感冒发烧，吃几片药就能很快复原，失恋无药可医，需得好几年才能恢复。

如今再想起来，会觉得自己的这一想法有些可笑，为什么要在潜意识里生出这样的想法？而且有这样的想法就算了，为什么还要去深信不疑。

可能是不甘心作祟，因为那段感情即便长达十年，但是无人看好，即便是最亲近的家人，也不觉得会有什么好结果。但我偏偏不信，所以才会更加拼命，拼命爱也好，拼命付出也好，目的不过只想要证明是他们看错了。

也可能，我是怀念这段感情中的自己，而不是那个人。那时候，我最经常想的一件事就是，大概自此之后，我再也不会有这样一段不顾一切全身心投入的感情了。爱到完全失去自我，爱到不计任何后果。

如今回想起来，才发觉世间所有既已发生的事，在已经知道结局的情况下，人最该做的一件事，原本是大步朝前走啊。

与其等着时间来抚平伤口，远不如让自己勇敢一些，积极地去找寻其他方式来治愈自己。

那个人，他爱过你，共处的日子里，你们的确交付彼此，但并不代表着由于一个人的离开，我们就该止步不前、放任自己的人生，随波逐流。

幸福在于如何定义

偶尔我会在社交平台上发布一些讯息，与影迷分享，比如说一段文字、一些健身的经验，或一则关于工作与生活的短视频。

得空时我会翻看收到的评论，精力有限未必全部回复，但都会查看，看着他人同我分享心情、故事。若是碰到有人在生活中遇到难题向我提问时，也会发表一些自己的看法，仅供参考，未必全对，毕竟各自的人生都是各自在过，没有谁给出的答案一定能解决问题。

其中，评论里最为常见的是这样的内容：为什么你到现在都还不结婚？一个人过日子肯定很辛苦，不见得幸福吧？

每次看到这样的评论时，我都会忍不住笑一笑。为何一定要结婚？之所以不结婚，或许是因为没在对的时间遇上对的人，但总比找错了强。而幸福，也不在于是否一定要步入婚姻，而是在于你如何定义幸福这件事。

我们在人生里的每个阶段，对事情的看法都不尽相同。在不断成长的同时，随着自我的经历与经验不断叠加，心中的憧憬与希望也都不同。

以前，我会把婚姻与感情看作是一件对等的事，认定婚姻是一段感情的终极目标，也觉得这就是幸福。

但归根结底，幸福感是个比较虚无的东西，它看不见、摸不着，只有当事人才最清楚自己内心的需求，也只有他们，才能定义自己想要的幸福究竟是什么样的。

002

人与人的追求不同：有人觉得，幸福就是住在豪宅里，开豪车，衣食无忧；有人则以为，幸福是哪怕苦一点，住在小房子里，但只要身边有知心爱人，可以说说知心话，两人朝着共有的目标一起奋斗努力，也足够。这世上有多少人，就有多少种关于幸福的定义。

再年轻一些时，我对幸福的定义非常简单。重中之重是有一个疼爱自己的伴侣，两人因爱之名组成家庭，孩子因为彼此爱意的结合来到身边，双方父母身体康健，不见得要生活在一起，但大家互相有爱，能够彼此照顾。当然，这个照顾是相对的，并非是仅一人付出，另一人只负责享受。愿意花时间陪伴彼此，能够为彼此分忧的同时，也可以同喜同乐，这是年轻时我对幸福的理解。

现在，与以前有所相同，又有所不同。

当下，我已经懂得适当降低自己的要求，也可能是因为人在岁月中漂泊，于是看法与理解也有所不同。我已成熟到能够照顾好自己，不再像以前一样，一定要求对方必须每天陪伴着我，现在我仍会有要求，只是这个要求变了，变为对方的陪伴是有心，且有效的。

两个人过日子，需要的是彼此身心契合。这个人，需要懂得我的感受与想法，了解情绪背后所隐藏的真相，与此同时愿意分享生活里的点滴，用心聆听，悉心经营。

不是只要求对方如此。我也一样。

003

与朋友聊天是件有趣的事。

听的是别人的故事，长的是自己的智慧。

与朋友相见，闲聊的时候我发现这样一种现象：大部分女人觉得只要嫁得好就是幸福；而大部分男人，他们觉得娶到一位貌若天仙的太太就是幸福。

曾不止一次见过这样的一种情景：一个女人在别人面前强调老公对自己如何倾尽所有。男人与男人之间则会把"他就厉害了，娶了一位很漂亮的太太"当作最高的恭维。

女人未感激丈夫的付出，男人未感谢太太的贤良淑德。这可能是对幸福的错误认知。于我而言，若另一半把我的事情放在心上，就算没有送什么礼物，但这份真心也足以让我觉得比旁人幸福。

事事考虑，也意味着事事看重。

004

还没进入演艺圈之前，我谈过一个男朋友。

他生活经验非常丰富，也特别懂得生活。与他相比，我对于世间诸多生存法则一窍不通。于是，他就扮演了这样一个角色。

当一同外出旅行，我们两人逛服装店时，他会告诉我："这件衣服的设计和款式看起来都不错，但是材质不好，不适合你。你可以买另外一件，那件衣服的材质穿上更舒服，质量也好。"话是没错，但男女到底不同，男生讲究实用，而女生往往在意的是漂亮。

到名牌店的时候，他放眼一看："这些都是名牌，不存在任何问题。"

我在路边看到别人摊位上的东西新奇，忍不住想要去看看，他却一把拉住我："这些东西虽然看上去不错，也不能算作垃圾，但是路边摊的东西，不用去看。"他忽略了一件事——我未必真正需要，也不见得一定会买，但是心中的欢喜不是假的。而他却觉得，我不懂得分辨好与差，他做这些是为我好。

这些事一直压在我的心中，好像因为一场恋爱，我就完全丧失了自主选择权，哪怕他说的的确是对的，但我的一切选择都由他来决定，这样处理不妥。爱一个人，是要付出，但绝非爱到丧失自我。当时我心中只一个想法，这个人不适合我。

最后，这段恋情当然以分手告终。

后来，当我成熟了一些，再回想起来这段感情，才意识到自己当初忽略了一点，那就是他的确做到了事事为我考虑，这确实符合我的想法，可真正出问题的，是他的方式。

相处是件玄妙的事，方法用对了，是幸福，方法用错了，则是事故。而如果他当初多点耐心跟我解释，或许这段感情会是另外一个局面，但既已发生，也不觉遗憾。

005

好的感情，是遇到一个真心疼爱自己的人，而非一个人对另外一个人言听计从。好的爱人，是当另一半遇到问题，想不通的时候，能够起到引导作用，令对方想明白，从来不是像老师对待学生一样，制定各类法则，要求对方必须完美执行。

懂你的伴侣，即便出发点是为你好，也不会逼迫你放弃一些事情。毕竟，最初两人走在一起，也是因为情投意合，但更多的是对彼此不了解，抱着试试看的态度走到一起。而懂你的人，必然能够懂得照顾你的心中感受。

他有他的人生经验，但你的人生，需要你自己在试错中得来。

因为相较于道听途说，亲手得来的永远更加深刻。若是一个人连自己在哪里犯错都不知道，势必只会继续犯错，且永不会得知如何改进。

但人与人也不尽相同，世上可能会存在这样一类人，他们恨不得对方替自己做所有决定，替自己把关，我只需要听从、依赖，就足够了。甚至他们会觉得，得此伴侣实属幸福。遗憾的是，我从不是这一类人。

006

从最初到如今，有一点始终未变。那就是，我所渴求的幸福，是能与一人过一生。当下与以前略微不同的是，我会保证彼此都有各自的独立空间与朋友圈。

以前，男友希望我与一些朋友不再联系，为了迁就他，也就应允了这一请求。我们总说，若是时光能够倒回，我一定不会去做某件事。对我而言，也一样。

恋人也好，夫妻也好，两人走到一起，很多东西不再分你我，都冠上了一个"我们"，有时候就连朋友也一样。我的就是你的，你的也是我的。但之前的恋爱经验告诉我一个深刻道理：永不必为了另一半放弃自己的朋友。

可是那时年轻，觉得为自己所爱之人改变、付出，都是正常的。多年后回头再看才发现，原来那个时候的自己近乎丢失自我，对他太过依赖，甚至太过纵容。有人懂得感激是好事，遇到不懂得感恩的人，只会越发过分。

当下的我，不会为了要步入婚姻，而随便找一个错的人过。一个人也能好好过，也要好好过，总比找错人要幸福得多。

关于这些，我也是突然间想明白的。当我意识到，其实一直以来，我需要的并不是一段婚姻，而是一个对的人。当我拥有这样的想法之后，过得比从前更为从容了。

感情讲究缘分二字。有时候，在对的时间遇到的可能是错的人；又有时候，在错的时间遇到了对的人。

当然，也曾遇到过对的人，与对方交流、交心，甚至可以让自己毫无保留，而对方也完全顾及自己的感受，相处两不厌，即便相对无言也都觉得舒服。但是，就是差了一些走下去的缘分。

007

人生最难得的，是明白。

当你想明白之后，很多以前困扰着自己的想法，都会随之而去。世间复杂，唯有做减法才会活得更自在。

这些年，妈妈也不像以前那样担心我了，尤其是看到我不再为了一段感情改变自己，委曲求全时。妈妈曾这样说过我："怎么谈一段感情那么辛苦？都活得不像是一个人。"她评价的是一段感情对我的影响，遗憾的是我未能幸福，反而委屈。这委屈是双份的，有我一半，也有她的一半。

这些年，她眼见我过得越发从容，笑是发自内心的，也便觉得即使如此也挺好。幸福不是只能从婚姻中获得，依靠自己一样可以。

谈及此，有一个观点想要表达一下。很多人有这样的认知误区：女明星所嫁之人，非富即贵。于是，多数人会认为，本该如此。

其实并不是，女明星找另一半也很难，甚至相亲也是有可能的。大家看到的都只是片面的，但因为身为公众人物基本无隐私，身上任何都被放大，所以就导致了这样一个误解。

女明星，首先是人。

她们所需的伴侣与婚姻生活，与常人无异，她们也希望另一半懂她、爱她，呵护她，且有担当。这些是题外话，而我，当然代表不了所有人，只是想要说明一件事：可能有些信息的传出会造成误会，但最终，世上所有人追求的原本就是幸福本身而已。

008

我理解他人关注我，甚至关心我为什么不结婚这件事。

有一次，我收到一条信息，是关于医学的资讯，我想到了身边的一个女性朋友，觉得是她需要的，也是适合她的。加上我们很久没有见面了，于是就发了一条信息给她。

我说："我们什么时候见面？有一个很重要的事情要跟你分享，你听到的话，一定会开心得不得了。但是我一定要见到你，才告诉你。"

她很快回复我："你说什么？听你的声音那么激动，那么高兴，你要结婚了吗？"看到她的这条信息，我大笑了起来。

当时，我近乎自言自语般自问：结婚就需要激动吗？

但我也清楚了一件事：原来对于身边关心自己的人来说，婚姻意味着一种圆满。

就像是我，多年以前某次开车途中，听到电台报道张曼玉与法国导演结婚的消息时，我和张曼玉并无交集，但是很为她感到高兴。感情开花结果，必然是因为爱，而那个人也肯定让她感觉幸福。

当下，我做了这样一件事。我给当时的经纪人打了一通电话："你和张曼玉有没有交集？听报道说她结婚了，如果你跟她有交集，一定要替我转达，我为她感到高兴。"

经纪人告诉我："我与她私底下没有交集，但如果有一天碰到她，我一定转达。"

我一直觉得，感情如酒，与一见钟情或者两小无猜的感情相比，我更喜欢细水长流。

也因此悟出，感情需要交给对的人。

好聚好散，各奔东西

001

以前，我一直都觉得，一段对的爱情，是无论你身处何处，哪怕对方不在你的身边，即便独处时，每当脑海中涌出一些关于两人相处的记忆碎片，也都能不自觉地微笑起来。

爱情的美好之处即在于此。人生漫漫，苦多甜少，总有人陪伴在侧风雨与共，对你说：不必怕。

世间爱情，多半如此。而也正是因为曾有这样一个人出现，为人生的其中一段带来无数琐碎记忆。以至于当爱情走向结束，独自面对时，才会徒生出许多痛苦的回忆。

是人都爱讲如果，我也一样。

如果爱情能够重来，我更愿意只记得它的好，那些痛苦的回忆，让它随风而去。

可世事公平，从未有过如果的事真正发生。

002

对于爱情，我从未停止对它的憧憬。

遇见他之前，我正处于事业的上升期。平日里工作不断，刚在片场结束拍摄，我就要跟随剧组去做宣传，同时还有杂志等待拍摄。

至今，我都记得分外清楚，那段时间，在化妆室妆发老师给我做造型的时候，躺靠在椅子上睡着是最为常见的事情，而妆发老师见我睡得香甜，不忍心叫醒，于是就托着我的头，艰难地进行妆发工作。

好不容易工作结束，回到家中可以休息，却因为长时间工作的关系，导致身体一度出现状况，人才刚一躺到床上，就要起身去洗手间呕吐。工作结束之后，大脑也没有停止运转，通常都会对当日自己的工作进行复盘，仔细梳理一番之后，研究是否有哪些细节未曾顾及，以此提醒自己在接下来的工作中一定要及时规避。

然后，他出现了。

003

为什么会对他着迷？

有一次，我们约好一起去看电影。我比他到得稍早一些，在电影院门口等他。没多久就在人群中看到了他的身影，他西装革履，整个人看上去意气风发。略微不同的是，往常手中提着的公文包不见了，他手里拿着一个小小的塑料袋。

他走到我面前，将袋子递给我，我打开一看，袋子里装着的是龙须糖。

他说："刚刚来的路上，路过了一个小摊在卖龙须糖，觉得你可能会喜欢，于是就买了。"

我冲他笑笑，捏了一小块放入口中，龙须糖的甜味在口腔中弥漫开来。也正是因为这样一件再寻常不过的小事，让我记了很久，甚至一度成为我不断原谅他的理由。

比如，某次他将我一个人丢在街上，扬长而去。要知道，当时我因为工作身上有伤，走路都成了问题。说不生气自然是假的，可一想到龙须糖的甜蜜，也就觉得兴许是他的一时疏忽，情有可原。

又比如，当我们两人因为一件小事而发生争吵时，谁也不肯先打破沉默。心中百般郁闷，又会想起他穿越人潮将那袋龙须糖递给我，不愉快也就随之散去了。

那段时间，我的心中眼中都是这个人。而我，只需看他一眼，似乎就能看到自己的一生。

004

也是遇到他之后，我突然萌生出停下脚步，只好好享受恋爱的想法。也是因为如此，当他提出希望我能减少工作量时，我欣然同意。

以前忙碌，忽然放下所有工作停了下来，也就多出了许多时间相处，两人的日常倒也充实。

基本上，我们每周都会去登一次山，有时候我速度快他一些，会停下来稍作休息，以让他速度与我保持一致。回头看着这个人，一步步朝着我的方向攀爬而来时，我会觉得爬山也不再是一件漫长且无聊的事。

他习惯在每个早晨醒来的时候，给我早安吻，嘴唇轻轻碰触在我的脸颊，彼此睁开眼，互相道一声早安。

没有应酬的时候，我们两个人经常会一起去街市采购。做饭的时候，他偶尔在旁边看看，虽然不懂帮忙，但觉得好吃的时候他会不停称赞。我是在那个时刻萌生出，即便平淡，也愿意跟眼前这个人如此过一生的想法的。

生活当然不尽数都是甜蜜，偶尔也会有发生争执的时候，他也颇为用心，会以一颗颗巧克力来寻求和解。剥开一颗放入口中，甜腻有余，却觉得有时候争吵也是为了更好的爱。

与他之间的无数个细微美好层层叠加，构建成了当时我目之所及的世界。我沉迷其中，无法自拔。

005

他从商，应酬是常有的事。偶尔喝醉的时候，会打电话让我接他。无论多晚，我都会第一时间开车前往他所告诉我的地址。

等我赶到后打电话给他，他竟然完全不记得曾打电话给我。而我又不便直接进去找他，于是只能将车开进停车位，在不断进出的人群里看是否有他的影子。通常都是时间不断流逝，我也没能等到他出来。

关于这段感情的最终走向，我们二人可能有所不同。

我是向着"婚姻"的目标而朝前行进的，这也是为什么我经常会按照对方提出的要求或喜好去行事。取舍之间，我始终都以感情为重。

但是也是因为那些年的相处让我清楚明白，他不会和我走到最后。我也开始渐渐清楚，一段良性的情感关系应该是双向的、平衡的，只有如此，才能够得以长久。

明知感情结局不够明朗，为什么却不选择早早结束？说到底，不甘心。当然，并不是为这个结局而不甘心，而是另有原因。

与他公开恋情之后，当时人们众说纷纭，有人说他有家室，也有人说我目的明确，与他交往为的是一个"财"字。

为了争一口气，即便明白我也仍强忍一切，只为证明给所有人看，他们看错了我，我不是那样的人。

006

一段感情走到最后，到底是出于爱本身又或是习惯，早分不清了。

最先提分手的人，是他。这样的事情几乎每年都会发生一次。我如何做的呢？每一次都是极力挽回。可到底，这段感情最后还是以分手告终。

在真正确定以后不再见面之前，我们决定先分开生活一段时间。我搬家之后的第二天，因为工作匆匆离开了香港。一星期回来后，大家还不知道如何面对这份感情，可能都还希望有什么可能性，所以约定每个星期一起吃一次饭，两人都不知道这顿饭能维持多久。

一个多月之后，那天晚上，我们两人在餐厅里吃饭。

饭后，他看着我，突然失神，然后他说："我是不是以后不用再找你了？"

我看着他，一时之间不知道应该说什么好，只是沉默不语。

那时候的我看着他，心情出奇平静，眼前的这个人，我真切爱过，为他改变过，为他放弃过，也曾事事以他为重，觉得往后余生非他不可。但是就在决定分手的那一刻，我突然发现，一切都变了。

尤其是当他说出那句话之后，我发觉自己对他没有怨，也没有恨。至于爱，可能也已经没有了。

我们两人从餐厅里走出来，如往常一样，各自开车离开。在车子发动的那一刻，心中明确知道，我们再也不会见面了。

分手之后，我回到家中，将与他相关的东西一并全部打包，丢出门外。是因为太明白睹物思人的道理，更是因为害怕自己会因此而心软，而萌生出不舍。

这是我与他恋爱十年以来，做的最为洒脱的一件事。

007

分开之后，我的生活和从前没什么两样，得闲时依旧会去街市采购食材，偶尔也会在路边买上一袋龙须糖。

有一次，我自己在家做了牛排，坐在餐桌前拿餐刀切了一块，送入口中时，酱汁在口中香气四溢，忽然又想起来一件事。

刚认识他的时候，我素食多年，两人生活在一起之后，也一直都保持着这个习惯，而他也没有要求我迁就他去改变饮食习惯。

也是一个像现在这样寻常的夜晚，我们两人一起坐在餐桌前，他在吃到一块很美味的牛排时，脱口而出："这个牛排味道很好，你也来试试。"

我当然没有吃，而是摇摇头，继续吃眼前的那盘沙拉。

回家之后，我不停地在想，他是个不爱吃甜食的人，但常常会陪我去吃。当我吃到很美味的甜品或素食时，也会希望他能品尝，而他没有拒绝。

从那个时候，我暗暗做了一个决定，开始改变自己的饮食习惯。不是迁就，而是希望大家有共同乐趣，能品尝对方热爱的美食就是其中一种。

我前后用了四个月的时间，才终于让肠胃重新适应了肉食。

如今分开了，但这个习惯却保留了下来。

人与人之间，有时候就是这么奇怪，虽然断了联系，但是一件小事，就能将陈年记忆唤醒。

于是，对于这段感情的最终走向，也就变得淡然，不再抱有遗憾。

008

从前，有两个人，他们并不认识彼此，各有各的人生追求。因缘际会之下，他们在人群中看到了彼此，心生爱意，走到了一起。

他们跟这世上所有的恋人一样，为彼此付出过，确确实实真心实意地爱了一场。

即便曾经满怀希望，但也没能落得一个满意的结局。

但这不奇怪，世间爱情万千种，他们的爱情，也只是其中一种。

因爱情走到一起，最后分开也是好聚好散。而在这段感情里，除却那些记忆，同样还增长了智慧。

爱时用尽气力，倾尽所有；别时不出恶言，各奔东西。

熬过去就好了

再年轻一些的时候，我也曾失恋过。

可能当时真的太年轻，又或者是因为那段恋情仅仅维持了一年多的时间。最为凑巧的是，失恋之后我就去了剧组。等到电影拍完，已经过去了将近四个月。

在剧组的那段时间，每天都忙着适应环境和新的工作。对我而言，一切都是陌生的，只能一步步努力去适应，根本没有心思再去想其他事情。

工作结束回到香港，整个人脱胎换骨。先前因为失恋，觉得整个香港都是伤心地的念头，也一并消失不见了。

可是，当那段长达十年的感情宣告结束时，我的状态却并不如前，整个人恢复起来都异常缓慢，但内心也清楚明白，两人在一段感情中共同走了十年，这十年的记忆，是我们两人共有的。即便离散，它们却未曾被抹去。于是，想忘记也成为一件相对比较困难的事。

差不多用了四五年的时间，我才真真正正走了出来，学会了放下，开始迎接新的人生。

看似真正走出了，其实也落了一个后遗症。失恋这件事，对我产生的最为直接的影响，就是我很长一段时间很难与异性如常相处，内心中总有芥蒂。

002

其实，我们两个走到第八年的时候，分开过一次。

在分开的一年零四个月里，我每天都在重复做着一件事，除了等他，还是等他。那段时间，我的人生中似乎只有这一件事才是最为重要的，其余一切均可忽略不计。

我到底等到了他回来找我，两个人的关系也因此又变得如往常一样，我们再次开始一起生活。

那时候，我觉得破镜重圆这四个字真是好，世间多少情感如此，兜兜转转，最终又归回为一体。

可我到底忘了，破镜即便真重圆了，裂痕是仍旧存在的。

一年多之后，这段感情，还是宣告了结束。

之所以能如此痛快，不再像以前那样藕断丝连，其中有极大一部分原因，是得到了我的默许。十年相处下来，我们都了解彼此的个性。他太清楚，如果他不亲口说出分手二字，我还是那个会一直等他的人，即便当时彼此都对这段感情的最终走向心知肚明。

默认接受分手，并不代表着不痛苦，而且也根本不会让痛苦减少半分。心中非常明白，这次是真的分开了，这一句"分手"，是十年感情结束的最后一句。

自此之后，我将不会再等他，他也不会再找我。

003

分手后，我接了一个工作，需要离家超过一星期的时间。

出发去工作之前，我搬了家。打包好的一箱箱行李都原封不动地堆在新家中。而我，甚至连电灯的开关在哪里都没来得及研究，就立刻出发去工作地了。

头一个星期，每天都在忙于排练，几乎从未间断。只有到了晚上，时间才真正只属于自己一个人。白天尚有工作可忙，到了晚上没了工作，整个人就变得完全没办法自控，眼泪总是莫名就掉下来。心中空落落的，甚至会有些疼。

工作结束后，我飞回香港。刚一落地，整颗心七上八下，一时之间，整个人都觉得有些恍惚。

坐上出租车之后，司机问去哪里，我猛然意识到自己竟连所住的小区名字都不记得。手忙脚乱地打开备忘录，将地址告诉司机。车窗外一闪而过的风景，是我眼泪的见证者，证明了我此刻是多么心如刀割。

回到家中，推开门走进去的时候，房间内的一切都和我离开前一样，没有任何变化。

我站在黑暗之中，看着那一箱箱的行李，不知有多少心情也被收入其中。

004

不能再逃避了。

分手是真的，但接下来的日子依然要过，况且我也有了属于自己的避风港。那一晚我彻夜未眠，只希望能够尽快将行李整理出来，好让它更有家的感觉。

整理收纳用了数日，杂乱无章的房间变得井然有序，一切都充满了生机，没有再伤心的理由。

一个人待在家中时，总会忍不住多想，会产生孤独感，会觉得自己被困在痛苦之中。为了强迫自己每天必须有点事情可以做，不必时时待在家中，我在家附近找到了一间健身中心。

那段日子，我有一大部分时间都待在健身中心。从最初的两个小时，到后来慢慢增加为四个小时。只有运动起来的时候，整个人的精力才是集中的，日子也就相应变得好过一些。

但如今回想起来，仍会觉得，那段时日的自己好像是没有灵魂的，如同行尸走肉。

有时候，结束健身回到家中后，我还会再去游泳。也有时候，会直奔街市或去超市逛逛。其实根本没有任何需要采买的东西，就是纯粹打发时间，拿着一件商品读完它的全部资料也是常会发生的事。

005

有一天，健身结束后，我去超市里买了一些食材，回到家中给自己做了一份意大利面。

坐在餐桌前，我突然想起来，曾几何时做饭也是我的兴趣爱好之一，只是似乎很长一段时间都未曾给自己做过一餐。

于是，那段时间我除了长时间待在健身中心，就是去逛超市采购各类食材，回到家中钻研各类菜品的做法。

在相当长一段时间里，我都将精神寄托于自己感兴趣的事情上，像健身，又或者是煮饭。虽然过程中心情并不总是充满愉悦，但也庆幸自己并未在这样的时间段内养成不良嗜好。

偶尔去父母家中，他们跟我交流都显得有些小心翼翼，甚至常常想要逗我笑。因为身为家人，他们太久没有见到我发自内心地大笑了，我整个人给人的感觉都是心不在焉。

以前那个自信满满的人，经此一事没了光芒。即便每日健身，可仍旧面容憔悴，一眼看去就知道状态不佳。

自知不能如此长久下去，于是我开始断断续续地参加一些家庭活动。与家人一起爬山，去户外烧烤，或一起饮茶，每个星期家人之间都会饭叙。

诸多事情一一参与下来，整个人的状态也就好了许多，以前彻夜难眠的问题也得以解决了。

006

就在我状态慢慢转好时，爸爸意外生病了。

一年后，爸爸永远地离开了我们。

人生是得到与失去的交替出现，才拼出了全部经历。爸爸的离去让我意识到，在我只沉浸在自己的失去时，也错过了珍惜太多其他事情的机会。而这些失去，是无法挽回的。

失去的，已经失去；眼前的，还需好好珍惜。

幸运的是，笃笃自出生之后就由我照料，我的日常也就变成了学习育儿常识，熟悉辅食制作。

有一天，我闲了下来，忽然就想到了前任男友。很奇怪的是，当时一度难以走出，再想起时，那种感觉不知何时起已经消失了。偶尔与旁人提起他，也仿佛是在讲别人的事情一样。

有人认为，忘掉前任的最快方法，就是尽快展开一段新的感情。这样做的好处是，减少了上一段感情带来的伤害，对自己也起到了较好的保护作用。

但我个人并不太赞同，是因为我总觉得，一段好的感情理应是将前事处理得当，自己心无挂碍，已经准备好迎接新的人生和新的恋人。

失恋只是阵痛，并不可怕。

而时间，最终会疗愈我们所承受的伤痛。待到恢复之后，我们依然要勇往直前，为依然充满希望的人生。

　　为终将会遇到的，对的人。

爱自己是终身浪漫的开始

001

说来讽刺，那就是我饰演过王语嫣这个角色，深知她为爱犯傻、苦苦坚持，却不自觉活成了她。

在那段长达十年的感情中，我也曾一度爱到完全失去自我，更从未真正去考虑过自己的内心感受。

自恋情公布之后，有不少人捕风捉影，称我之所以与他走到一起，是有所图。可实际上，1998 年金融风暴，他的企业也受到了严重影响。

爱是彼此支持，共同分担，这个道理我一早就懂。所以我们那时的工作也都排得较为密集，目的简单，只有多工作才能保证有足够的收入，以确保彼此的生活不出现任何差池。

他富时是他，贫时也依然是他，这点永远不变。而自始至终，我都是与这个人拍拖过日子，既未曾想过要坐享他的成功，也不会抱怨他一时的失败。

因此，在难题来临时，理应是由我与他一同面对和承担。

002

以前，我是个婚恋观相对保守的人。

接受出嫁从夫的设定，将对方的快乐看得比自己更为重要，只要对方开心，自己好像也就无所求了。

但这样做，换来的却是我的一次次退让和一次次妥协。

说起来人也奇怪，初相识时，我事业也算小有成就。拍拖之后，他却突然提出，希望我能够隐退，减少工作量。他提了几次之后，我最终做出了停止一切工作的决定。

作为恋人，我近乎完全做到了事事以他为重，任何意见都去接纳。

在当时，我并不觉得这些有任何问题。但多年之后，我才意识到那个当年身陷爱情里的自己，几乎将生活的全部重心都倾斜到了恋人的身上。可回过头来再看，连自己都忍不住想要反问：这就是爱吗？如此做法，是正确的吗？

深爱一个人没问题，重心有所倾斜也没关系，但最重要的一点是，即便再爱一个人，也仍需保留一些力气来爱自己。只有如此，一段感情才会实现良性循环，否则，就意味着，这段感情将要出现问题了。

只有先爱自己，才能去更好地爱别人。

可有时候，太过自爱却并不自知，就变成了自私的一种。

但爱情面前，无人能做老师，一切智慧，全凭自己在世间体会后才能收获。

003

这样的问题并不是只发生在我一个人身上。

我们这一生，为之投入热爱的人与事物，实在太多。

以父母为例。天下父母基本上都如出一辙，将照顾好子女视为此生最大任务。眼见子女生病痛苦不堪时，都宁可痛苦的是自己。终此一生，他们都不会去和孩子计较分毫，更多的是为孩子倾尽所有。

以恋爱为例。于红尘中，遇到一个人，一心想要把世上所有的好都给他，爱他胜过爱一切。为了爱，放低过自己，受到过一些委屈，改变过一些原则，却始终从未怀疑过，这样的做法有任何不妥，甚至一度觉得自己伟大。

…… ……

我们却真正忘记了最该做的一件事，你来世上一趟，身为独立的个体，此行任务从来都不单单只是为了爱他人。重中之重，是学会好好地爱自己，如爱他人一样。而爱自己，是终身浪漫的开始。

少 年 时

亲爱的你：

在我看来，人一生的黄金时代应该是少年时代，因为无忧无虑。

当然，与上一代人相比的话，或许如今的青少年在思想上要更为早熟一些，以至于还未到二十岁，就已经要面对很多人生的抉择、人生的烦恼……

回想我十五、二十岁时，只会为学业而烦恼，真要比起来，算是幸福的一代了。

在这个年纪，不论男女都到了情窦初开的时候，这是再正常不过的经历。而回顾自己的这个阶段，我会用"情窦错开"来形容。

不是后悔，只是若有机会重来，我会有不同的选择。

什么事情都有两面，虽然作为一个过来人，但我的决定不见得就是金科玉律，各自的选择而已。

情窦初开也好，情窦错开也好，谁也阻止不了它发生在少年时代。

只希望当你经历这些的时候，有可信赖和有经验的成年人在旁引导。

这个年纪的你，有冲劲、有活力，有想做就做的冲动，这都是好事。但若再加上三分"停一停，想一想"的理性思维，就更棒了。

若彤

我的家

有一次，跟妈妈闲聊时，我开玩笑问她："其实回想起来，小时候我们家不算富裕，最多只能称得上普通家庭。照顾一个孩子就已经非常辛苦了，为什么你和爸爸还要生我们十个？"

她看了我一眼，轻描淡写地说："我们那个年代，谁家不是好几个孩子？"

因为帮妹妹照顾过筠筠，我太明白照顾孩子不是一件容易的事。而妈妈那时候要照顾十个孩子，一定更不容易。

举个最简单的例子，那时候香港每年会为居民免费做一次牙齿检查。而每个人都被安排在不同的时间段，于是，爸妈得分十次才能带我们做完检查。

小时候，虽说家里的条件不是很好，但父母并未亏欠过我们什么。别家孩子有的，我们也一样从来不缺。日子辛苦，但不能苦了孩子，更不能让孩子不接受教育，这是爸妈的坚持。

回想小时候，我总会想起家中那张可以伸缩的饭桌，平日里收起来是小小一张，拉开了就变得大了一些。我们一家人常常围坐在一起用餐，用餐完毕，父母各自忙碌，我们兄弟姐妹各占一角，开始写家庭作业。

到了晚上睡觉时间，我们经常都是好几个人睡在一张床上。孩子多，而家里位置实在有限。除此之外，玩具也是大家一起分享，有时家里买了水果，也要切开了大家一起分着吃，通常都是橘子或是苹果。

偶尔我们表现不错，妈妈会买来一些比较特别的水果奖励我们。比如说：杧果。杧果不像橘子和苹果那样容易切开，所以她会买上十个，每个人都有。我至今仍记得，妈妈笑眯眯地把杧果分发给我们，然后坐在一旁一脸满足地看着我们吃杧果。

从这一点就能看出，一直以来，爸妈始终未曾偏心哪一个，他们对我们的爱是相同的。

兄弟姐妹多的好处是，任何时候都不会觉得孤单。我们确实不孤单，但争吵时常发生。原本年纪相差都不大，玩具也有限，难免会发生争抢事件。每当这时，爸爸妈妈总会苦口婆心教育我们："兄弟姐妹之间要懂得团结，也要懂得谦让。"虽说后来争抢事件仍会上演，但是只要出了门，就变得十分团结。

每每想到这些，我都会深深觉得，小时候是我一生中最无忧无虑的一段时光。我记得我们一起去爬树，一起去打球，一起去游泳，一起去看戏。当然，偶尔也会因为太过顽皮闯了祸被人投诉到家里，一起被爸爸教训。

爸爸从不问理由，每当别人投诉完离开后，几个闯祸的便很自觉地排成一队，逐个等着受训。有时候，爸爸也会动手打上几下。

小时候我不理解，觉得爸爸实在太过奇怪，从来不问缘由就教训，甚至觉得他很凶。后来长大了，有一次和妈妈聊起来，她说："你爸有时候确实对你们太过严格，但是我们中国人不是常说严父出孝子？你爸那么做，有他的苦衷。"

爸爸的苦衷是什么呢？

那时候我们居住的地方，有一些邻居家的孩子与社会上的人来往，经常会做出一些出格的事情。所以，当自家孩子顽皮，被人投诉到家里时，爸爸难免会担心，生怕我们也走了弯路。

爸爸每日忙于工作，还要为子女的成长担忧，也只能选择这种最为奏效的方式。

大姐、二哥和三姐年纪再大一些后，都选择了不再继续读书。如今回想起来，可能他们不愿继续读书的最大原因，是希望能够早点工作，帮忙减轻家庭负担。这一点，我是非常感激他们的。他们原本也只是比我们稍年长了几岁而已，却担起了照顾我们的责任。如果没有他们的付出，就没有我们后面这些兄弟姐妹的幸福，爸爸也势必会更辛苦一些。

所以，借着写书之际，我得以有机会将关于家人的过往梳理一番，并且记录下来。算作纪念：为纪念我们出生在一个家庭；为纪念我们能够成为至亲；为纪念我们一起成长的日子。

大姐与我年龄相差较大，自我有记忆以来她便已经开始工作了。她忙于工作时，我还是一个孩子，一个趋于成熟，一个稚嫩十足。于是，那些年，我们互相沟通较少。

大姐十七岁那年，去社区中心学习柔道。然而第一天上课就发生了意外，大姐不慎摔断了肩胛骨。送她去医院的，是当时给他们授课的教练。自己的学生出了事，身为教练，他觉得理应负责，因此，姐姐住院那段时间，他时常出现。

然后，意外又发生了。两个年轻人情投意合，开始恋爱了。

教练人很好，他有一辆私家车，每次和姐姐约会的时候，他都会将我们兄弟姐妹带上几个，一起外出游玩。

他擅长划艇，我们常常跟着他一起去划艇；有时候，他也会带我们去游泳；当然了，我们最喜欢的还是游乐园，可供选择的项目足够多，我们乐在其中，他们候在一旁。

印象最深的是，有一次在游乐园玩鬼屋这个游戏项目。当时年纪小，难免好奇，六哥也一样，于是我们俩坐在一辆小卡车上，缓缓驶入了鬼屋。阴森的鬼屋慢慢呈现在眼前，尤其是随着车子不断行进，整个空间黑漆漆一片，虽然六哥就坐在我身旁，但我们两个人年纪相差不大，连胆子大小也都一样，我怕，他也怕。

车子从鬼屋出来的时候，姐姐他们发现，只有六哥坐在车上，而我仿佛凭空消失了。他们非常担心，四处寻找，最后才发现，原来我就躲在小卡车下面。见我安全无事，他们这才松了口气。

大姐十八岁那年，结婚了，自此，教练成了我姐夫。我一直认为，大姐的婚姻是最为浪漫的，充满了戏剧色彩。

婚后，两人有了自己的小家，没多久，他们的女儿出生了。我才十岁，就当上了阿姨。从那个时候起，我母性泛滥的特质便已经有所体现。比如说，我时常会抱着外甥女逗她玩，姐姐有事外出时，也会很放心地将孩子交由我照看。所以到如今，我的这个外甥女未曾叫过我姨妈，通常她都会称呼我干妈。

与姐夫成家后的大姐，是幸福的。为什么这样讲？主要是因为，从前我只知道姐夫是柔道教练，直到他们结婚后，我才意识到，他是个非常能干的人。他们现在住的房子，就是姐夫自己盖的，两层的小楼，一点不输专业的工人。所以，平常若是家里出现各类问题，大到需要安装物件，小到窗帘轨道需要维修，我都会直接去找姐夫来帮忙处理。而他往往二话不说就答应了，并且处理得很妥当。

可能是看着我长大的缘故，大姐与姐夫都分外照顾我。他们的子女与我也非常亲近，时常找我聊天。

虽说姐夫能干，将一家人照顾得很好，但大姐也会有烦恼，大多数时候都是因为子女。随着子女逐渐长大，年轻人对某些事情的看法会与父母略有不同，为此，大姐时常找我聊天，有时候也会拜托我出面去解决一些他们的困扰。

我自然乐意去做，谁让我是"干妈"呢？

小时候我对二哥最大的印象就是——凶。

其实细想想，虽然二哥排行第二，但却是家中长子，再加上下面的兄弟姐妹众多，他难免会做一个榜样。少年老成，说的就是二哥。但二哥其实不凶，偶尔他也会表露出孩子气的一面，比如说，捉弄我们。

十三岁那年，我读中学。那年我们刚搬了家，但还未转学，仍需在原来的学校读书一个月之久。那时二哥已经参加工作了，他常常开车去上班，于是，顺路把我跟两个弟弟送去学校，成了他的另一项工作。

有一次，我和两个弟弟坐在车厢后座。到了一个拐角的时候，二哥突然来了个急转弯，这一转，让原本好好端坐在后座的三人直接从车座滑了出去，虽然并不严重，但是难免会觉得他有些不小心。

我抬头瞥了二哥一眼，发现他在偷笑，这才意识到他是在故意捉弄我们。而原本想要抱怨的我意外发现，平常一脸严肃的二哥，笑起来分外好看，也就忘了抱怨这回事了。

遗憾的是，二哥的这一面鲜少表现出来，更多时候，他都是一个严肃、守规矩的人。但生活中有任何事情需要帮忙时，二哥都会第一时间出现。

有一次我开车外出，将车停在车库时车还好好的，等我用完餐，准备启动车子时，却发现无法启动。我当即打电话给二哥，二哥是汽车修理人员，听我简单讲述后，就在电话那头指挥我如何解决，一番操作后，竟然修好了。不是我有一双巧手，是二哥技术出色。

二哥成家后，有了自己的家庭，我们不再像从前那样频繁见面。只有到了春节或是爸妈生日时，他们才会到场，除此之外，一年也就只见上两三次。但有一点，那就是无论何时，不管家里的任何人遇到任何问题，只要有求于他，他总能妥善解决。

爸走后没多久，有一次我和妈妈聊天，她很突然地跟我说："你爸说走就走了，我还挺不适应的。"

当然不适应，我也一样。是他将我带到这个世界上，给了我生命，也是他言传身教让我懂得做人的道理，与他有关的一切我都记得清清楚楚，我记得他的笑，记得他如何教育我们，记得他总是为了省钱多走两站地才肯坐车，记得他为了不让妈妈吃辣椒酱假装发脾气。如今他不在了，我再也，再也无法见到他了。他唯一留给我们的，就是这些回忆。

我安慰妈妈："爸走了，但还有我们这么多儿女陪着你。"妈妈笑了笑，她的话让我触动极深，她说："不是每个人都会每天跟我打电话，也不是每个人每天都会来问候我的。"

我大概意会到了她想表达的意思，从家里出来后，我给二哥打了电话，将妈妈的想法和我的理解全都告诉了他。最后，我说："二哥，如果你有空，就给妈妈打个电话聊聊天吧。"

第二个星期，等我去妈妈家时，二哥已经先我一步回来了。自此之后，每个星期二哥都会回家陪妈妈，他们经常一起打麻将。

二哥也开始参与到我们的家庭旅行中来，我常常调侃他成了家庭成员中的中坚分子。

这些年，我对二哥的印象完全变了。因为我发现他其实也很擅长调侃，于是不再觉得他严肃；他脸上时常挂着笑，我也不会再觉得他凶。我也开始渐渐意识到，或许他原本就不是一个非常感性的人。他早早就结婚，组建了自己的家庭，为了将家人照顾好，有太多事情需要兼顾、担心，才会有所忽略。但是，只需要一个提醒，他就会意识到，并且能做得很好。

你看，现在家里人想要打麻将，再也不缺人了，因为有二哥。

004

三姐跟大姐、二哥一样，早早就开始工作了。

我同三姐早期的关系，跟大姐基本上相差不大。她们两人年纪相仿，又都已经工作，更有话题可聊。而我，忙着跟哥哥弟弟抢玩具，自然也就很少有机会能聊到一起。

三姐结婚时，我才十几岁，正在读中学。那时候，因为工作的关系，三姐夫出差是常有的事。儿子才几个月大，三姐夫又接到通知，要出差半个月左右，留下三姐一人在家。

家人考虑到外甥年幼，担心三姐一人在家带着孩子会觉得闷，或是有时可能需要人帮忙，便让当时正在放假的我去了三姐家，陪她一起生活两个星期。

至于为什么是我，我猜，大概是因为之前曾帮大姐照看过孩子，有经验加持的缘故，相对比较靠谱，于是我成了最佳人选。

那两周，我都和三姐生活在一起，她早上晚上都要出门买菜煮饭，于是这一小部分外出的时间，外甥便由我来看管。

那时我看着她的背影，常常会觉得她略有些辛苦，可每当三姐回家看到儿子时，她略微紧锁的眉头总会舒展开来。我在那个瞬间突然意识到，这样的情景可能也曾发生在爸爸身上。为自己所爱的人辛苦，也是一种幸福。

如今的三姐，偶尔还是会表现出精神紧绷的一面，也会因为一些事情来寻求我的意见。我自然乐意倾听，并且尽自己所能去协助她处理。

家人，原本就是——只要你需要，我永远都在。

005

如果要说我们家中，谁最特别，必然是我四姐。

四姐的特别之处主要表现在，她从不跟我们一起玩，向来喜欢独来独往，有自己的小世界。虽说四姐特别，但她的行为又从不出格，四姐永远是最不顽皮、最让爸妈省心的那一个。

毫不夸张地讲，四姐是家中唯一没被爸爸打过的孩子。所以，每当我们顽皮犯错，少不了被爸妈教育的时候，她从不在等待挨训的队伍当中。甚至，有时候还会从我们身旁路过。为此，年纪还小的时候，有一段时间，我不是特别喜欢四姐，总觉得她是个怪人。

四姐的特别之处也表现在具备一定的艺术天赋。

我在小学毕业典礼上与五个同学一起表演的土风舞，是四姐帮忙排的，就连表演时身上穿的蓬蓬裙，也是四姐做的。看着四姐为我们的毕业典礼演出忙前忙后，我忽然有些责怪自己，四姐一点也不怪，她那么好，是我自己小心眼。

四姐有自己的小世界，但不代表她未曾关心过我们。比如说，还在读中学的时候，曾有星探邀请我去演戏，是四姐反复思考，她担心我的学业可能会为此受到影响。而她确实言之在理，我这才未接受邀请。也是那时候，我开始意识到，四姐并不像我一样，向来习惯情绪外露，勇于表达。她恰恰与我相反，不习惯表露，但会用行动证明。

前段时间，忽然想起来一件事。那时候我年纪还小，大概读小学三四年级的样子，有一次也不知道怎么想的，就爬到了一个山坡上。其实现在回想起来，那个山坡并不高，甚至有些矮。可那个年纪的我，一眼看到山坡下，双腿直接打战发软了。周围也没有行人经过，就我一个人坐在山坡上，除了大哭，再无他法。

将我从山坡上抱下来的，是四姐。她放学刚好经过，看到我坐在上面哭，小跑到山坡前，很有耐心地安抚我，哄着我说："不用怕，你托着我的手，这样就不会摔着了。"但我仍旧不放心，四姐没有表露出丝毫不耐烦，继续耐心哄我，最终，我托着四姐的手，成功下了山坡。她帮我擦擦泪，我跟在她的身后，一起回家了。

长大后，我们都忙于自己的工作，那时我已经开始拍戏了，常待在剧组里，少有机会见面。

有一次，因为家里的一些事情，具体是什么早记不清楚了。只记得有一段时间，我对四姐有一点意见。我们两人未曾发生争吵，但关系却疏远了一些，见面仍会讲话，但明显关系远不如从前那样亲近。

现在回想起来，我又忍不住责怪自己，为什么自己那么不懂事，总是喜欢为一些原本无谓的事情较劲？还好四姐特别，她总是懂得体谅与宽容的那一个。

现在的四姐依然特别，她从自己的小世界中走了出来，变得和我一样爱讲话了，更懂得自嘲和开别人玩笑了。要知道，四姐小时候是完全不懂得开玩笑的，每次都会当真。而如今，她的调侃技巧，远胜于我。

婚后的四姐，生活幸福，四姐夫也是个做事考虑周全的人。如今，每逢我们家庭旅行，一切行程全部都是四姐夫一人包办，安排得非常妥帖，所以我们从不必担心住宿、路线、游玩项目等各类问题。而司机，就是四姐夫本人。

至于四姐，她往往都坐在副驾驶上，因为她永远都是姐夫的副手。

006

如果要说到小时候最常因为我生气的，非五姐莫属。可若要再说到兄弟姐妹中我最依赖谁，这个人，必然也是五姐。

为什么说五姐最常因为我生气？小时候，五姐是与我争抢玩具、争吵最多的那个。我上面就是六哥，男生与女生的玩具不同，而我下面就是十妹，她年纪尚小，根本抢不过我。所以，年纪跟我最为相近的五姐，成了我的主要争抢对手。

可我也并非任何东西都会争抢的，我们俩最常争抢的，是那台收音机。那时候大家收听广播、歌曲之类的，都是通过收音机。家里只一台，五姐是最常霸占着的那一个，于是，当我想要使用的时候，也只能靠争抢这样的方式了。

很遗憾，与五姐的抢夺大战中，我赢的次数极少。

印象最深的一次，是读中学时，有一段时间爸妈去旅行了，他们回来时给我的礼物是一把遮阳伞。我非常高兴，因为这是我独有的遮阳伞，可没想到，五姐竟又跟我争抢。毫不意外，我又是输的那一个。

就在我以为仍要与五姐继续争抢几年的时候，她结婚了。五姐夫成熟稳重，又极度懂得包容，还是一个非常孝顺的人。五姐的婚姻生活，自然幸福，连带着人也改变了不少。

现在，如果我有任何事情去找五姐帮忙，哪怕极其琐碎，五姐都不会觉得麻烦，非常乐于帮忙。我没时间去找医生配药时，是五姐跑前跑后；我想要换房子搬家时，是五姐陪着我一起看房；就连去医院检查身体时，也是五姐陪着我。每每此时，难免会想起小时候，从前那个总爱与我争抢的人，竟然成为我如今最依赖的人。

我还记得，有一次，我和爸妈等一行五个人去吃自助餐。家人相聚，即便时光短暂也都觉得欢愉。没想到，第二天凌晨，我浑身难受，到医院做了检查后，医生告诉我：是食物中毒。得知这一消息，五姐第一时间便赶到医院照顾我。

几个小时后，我们接到消息，妈妈也和我一样食物中毒了，跟我情况一致。于是，五姐在这家医院照顾我，而妹妹，则在另外一家医院照顾妈妈。

爸爸还没走的时候，到了定期检查身体的时间，我负责带他们去医院。多年来一次都未落下，所以对于他们的身体状况我也非常了解，家人们也都非常放心交由我来处理这一切。

爸爸离开之后，我非常抗拒去医院，只要走进去，就会想起爸躺在病床上的样子。加上我当时决定替妹妹照顾筠筠，于是便将带妈妈去医院检查身体的重任正式移交给了五姐。五姐足够心细，她只会处理得比我更好。到现在为止，但凡妈妈身体不舒服，家里的物件坏了，又或是生活上有任何需求，她都会直接找五姐。

在我们这个大家庭中，五姐占据着重要的位置。不管任何事情，到了五姐那里，她总能将其协调到位，让所有人都满意，同时，五姐也是我们彼此之间沟通的桥梁。

大概是三年前，有一天开车回家的路上，堵车的时候，不知道怎么回事就想到了五姐。小时候和我争抢的是她，总是惹我生气的是她；但一直以来，对我帮助最多的是她，鼓励我最多的，也是她。

突然就想到了《如果没有你》这首老歌，于是我拿出手机，打开录音功能，唱了起来："如果没有你，日子怎么过，我的心也碎，我的事都不能做……"唱完后，我直接转发给了她。

五姐很快就回复了我，简简单单三个字：神经病。

我看到后，没忍住笑了，这样的行为确实有点反常。但是，我这个人向来如此，心里面想到的，一定会立刻表达。前面说过了，在表达情感方面，我向来外露。高兴也好，生气也好，就连感激也是，都会表达出来。

所以，五姐啊，我现在的生活确实不能没有你，否则我真的不知道该怎么办了。

007

六哥是与我年龄最接近的一个，回想起来，小时候我们两个人时常会因为一些琐碎小事争吵，有时候还会动手。总的来说，在少不更事的时候，我与六哥的感情远不如后来深厚。

每次提起六哥，都会想起一件事。

读小学时，我是运动健将，时常会被选中作为代表参加比赛。结果，在某次比赛赛跑过程中，意外受伤了。当时严重到根本无法正常行走，老师就给我家里打了电话，说明了情况之后，希望能让一位家人来将我接回去。

没想到，来接我的竟然是六哥。

六哥长我两岁，但当时他的身高并没有比我高出太多，他却咬牙坚持背着我走了很长的一段路，还坚持爬了一个山坡，这才回到家里。我坐下轻抚脚踝时，注意到六哥额头有一层细细的汗，但他未曾喊累。

真正开始什么都能够跟六哥聊，反而是长大后。无论遇到任何事情，我都会跟六哥讲，通常他都能够给出中肯建议。

没过多久，六哥结婚了。因为太太是从英国回到香港的，生活了一段时间后，他们决定移民英国。就这样，当时才二十几岁的六哥离开了香港，到英国定居。虽然六哥离开了香港，但他对我的关心并未减少。平常他看到关于我的新闻，都会立刻打电话给妈妈，了解我的情况。

1998 年，我当时接了一份工作邀约，要去法国拍摄。在出发之前，我看了一下那段时间的行程安排，刚好有空余的时间。知道爸妈也一样想念六哥，于是特地给他们也买了机票，让他们先前往英国探访六哥，而我，则会在法国的拍摄结束后，直飞英国同他们会合。

父母千里迢迢到了英国，我也紧随其后，六哥非常高兴，带着我们将周边游玩了一遍，还为我们拍了不少照片作为留念。

结束了英国之旅后，我带爸妈前往巴黎，按照计划带他们旅行一周，然后回家。

爸爸走后，六哥知道我一直难以接受，甚至过度伤心。那段时间，六哥经常打电话给我，陪我聊天，但他从来都不正面安抚我，而是向我问询其他家人的各种状况。每一次通话都将近一个小时之久。

现在回想起来，那段时间，每一次与六哥通话时，我都像是在做家庭报告一样，事无巨细地讲给六哥听。他关心家人是真，可实际上，这样做的真正目的是为了舒缓我内心的郁结，帮我转移注意力。

那几年，每到圣诞节、生日，我都能收到他寄来的圣诞卡、生日卡。我当时觉得六哥这样做很奇怪，哪有兄弟姐妹之间送圣诞卡、生日卡的？可当我看到卡片上他亲笔写下的字句时，瞬间明了，那些卡片上的字字句句，都是鼓励。直到如今，这些卡片我依旧仔细收藏着。

还有一次，他送了我一个生日礼物，是一个钥匙扣，造型是电灯泡的形状。我看到后，给六哥回复了一条信息：电灯泡照亮我的生命，谢谢你，六哥。

从前，我几乎未曾叫过他六哥，向来都是直呼其名。写及此，忽然有些想念六哥，他移民英国后，回香港的次数不多。

但我知道，即便山高水远，作为兄妹，我们的心始终离得很近。

008

八弟和九弟是双胞胎。

由于年纪小，家中最调皮的永远是他们两个。两人关系好时，发生任何事都不会计较；但偶尔也会因为一些小事而动手。每逢此时，看着他们俩我都会笑，两个人长得极为相似，简直就是自己打自己。

当然，他们也会经常一起与我打闹。

我脸上现在有一处疤痕，不大，如果不仔细看，可能根本注意不到。这处疤痕，就是调皮的八弟留给我的。

小时候，我们家里时常会做一些手工艺。有一次开始做工之前，我们两人吵了一架，吵完后，就被爸妈叫去做工。

八弟就坐在我一旁，手工艺有一环需要用火将一些塑料材质的物料轻烧一下，再将两根黏合在一起。塑料材质的柱子遇火即熔，八弟顽皮过了，直接拿着手里刚熔的柱子插到了我的脸上。

当时只感觉，疼。我哭了很久，一来是实在太疼，二来是因为生八弟的气。再后来，我又哭了几次，因为脸上留下了一处疤痕。

没多久，又一次做手工艺时，弟弟不小心将火打翻，直接扣在了他的大腿上，烧伤面积不小。我看到后又是一顿哭，虽说八弟顽皮，可是这烫伤实在太严重，说不心疼是假的。

长大后的八弟变了个样，甚至可以在有些场合为了保护我而不顾一切。

爸爸生病的那一年，有一次我们一同开车外出吃饭。我开车接上爸妈，朝酒楼出发。八弟他们比我们先到一些，在餐厅里找好座位等候我们。

抵达停车场的时候，每个人都在排位停车，结果轮到我的时候，原本排在我后面的车直接将车停到了停车位里。我还未来得及理论，一旁停好车的车主恰好看到了这一幕，直接打开车门走了出来，最初三言两语理论，到后来演变为争吵了。

这件事原本与那位车主并不相关，可他出于好心想要帮我理论，眼见他被欺负，我自然不能坐视不理。正当我准备过去劝说时，八弟的电话打了过来，他听到旁边的争吵声，问我："怎么回事？"

我如实跟他说明了缘由，八弟就挂了电话，没多久，人就风风火火出现在车库了。那时八弟年轻，想要动手，幸好那位抢车位的心虚了，将车位让了出来。我们向那位帮忙的车主道了谢，停好车子，这才去往酒楼。

有一件事，我也是很久之后才知道的，当时听说之后，我鼻子一酸，没忍住，掉了两行热泪。

爸爸走后没多久，一家人去扫墓。去往爸爸安葬的地方，要走一段很长的楼梯，当时我的心情并不稳定，尤其是每走一步，就会觉得心疼也跟着多了几分。

再然后，我直接晕倒了。

来扫墓的人不少，家人担心这一幕被人看见了对我会有影响，他们不希望在我伤心难过时看到任何能够影响我情绪的新闻。于是，家人商量了一番，最终决定让八弟把我背下去，回到车里等待他们。

你想，那么长的楼梯，八弟一直背着我，就算我体重再轻，一段长路走下来，也足够辛苦。可他没敢停留一步，一直到了休息的地方，才将我放下，可他并没有休息，就直接找了把扇子给我扇风。

后来，到了清明节，又要去祭拜爸爸时。临出发前，家人开玩笑说："要不你还是别去了，免得八弟又要背你。"八弟也连连摆手，说："对，姐，要不你还是别去了，上次背完你，我就闪了腰。你这次要是再晕一回，我这腰恐怕要再闪一次。"

听到大家的话，我略有些疑惑，这才知道那天我晕倒后，是八弟把我背了下来，并且为此受了伤。我看着八弟，像是作保证一样跟他说："你放心，这一次我一定会控制好自己，绝对不会晕倒的。"

总的来说，相比上次，我确有进步，没有晕倒，只是从头到尾，一直哭个不停。

后来，再到祭拜的日子时，我都能感觉到每个家人的眼睛都是盯着我的，他们担心我出状况。因为不希望他们总是为我担心，同时也确实有些无法接受，所以我再也未曾去拜祭过父亲。

直到去年，我才终于能够将这一个包袱放下了，可以坦然接受爸爸的离开。也因此，开始敢于去祭拜父亲了。

但有句话，还是想同八弟讲：还请放心，此前的情况一定不会再发生了。

009

九弟离家早，结婚也早。

有了自己的小家之后，九弟为更好的生活努力奔忙。没多久，他当了爸爸。短短一段时间，九弟从前的顽皮一应不见了，变得更为稳妥懂事，而回家的次数也相应变得少了一些。毕竟，讨生活不容易。

和二哥一样，有很长一段时间，基本上，我也只能在每年爸妈生日聚会或是春节的时候，才能见上他一面。

九弟曾在巴士公司上班，担任巴士司机。平日里，可能我们还在睡懒觉时，他已经开始出车，奔波在城市里。他能休息时，作为家人，自然希望他能好好睡上一觉，因此，我们少有见面长谈的机会。

有一次跟妈聊起来九弟，妈妈跟我说："他们做职业司机的，不像是乘客，尚且能够走动，他们经常在驾驶座上一坐就是很长时间。前段时间听他说，腰都变得不太好了。"

听妈妈说了这些之后，我特别去为他买了一个具有保护功能的用具。使用极为简单，只需将用具背在身上，就可以起到保护脊椎的作用，同时还能缓解腰肌劳损。

没多久，我们见面时，我将买来的这个用具给了九弟，他非常感动。

由于工作性质的缘故，九弟平时与我们兄弟姐妹见面的机会并不多。甚至毫不夸张地说，九弟的两个女儿同我的关系要比九弟更为亲近。当然，我也时常告诉她们："爸爸为了让你们生活得更好，才会工作辛苦，你们得学会体谅。"

而家人们对九弟的关心也没有因为见面不多而减少，都在心里挂记着他。

有一次我要去沈阳工作，去往机场的路上，突然接到了家里的电话，是关于九弟的，说是他身体出现了一些问题，需要立刻进医院，家人问我："你有没有认识比较好一点的医生？"

那个时候，我人已经到了机场，得知这一消息后，立马开始联络我认识的医生，最终找到了一位合适的医生，告诉了家人医生的联系方式后，这才登了机。

等我到了沈阳，第一时间就给家人打了电话，想要询问他们一切是否已经安排妥帖。直到听到家人告诉我："一切都很好，他被照顾得很好，你放心。"我这才真正放下心来。

如今，九弟跟二哥一样，也经常回家看望妈妈了，偶尔还会凑在一起打麻将。

不过，这回提醒他的人，不是我，而是远在英国的六哥。

010

说到十妹，我总会想起她在某次跟我讲起的一段往事。作为当事人的我都不记得有此事发生，但十妹却记得清清楚楚。由此，你会发现，我与十妹的感情也是极好的，所以，她才会放心地将筠筠交由我代为照顾。

读小学的时候，有一次不记得因为什么事情，爸爸妈妈把我打了一顿，以此希望我能长一点记性。可我当时只觉得委屈，一直哭个不停。

十妹说："你当时哭个不停，说什么……将来如果你死了，你所有的东西都只留给我一个人。"

听十妹这么讲时，我是又羞又愧。还好，我早不记得这件事的发生与所有细节。

十妹读小学时与我并不同校，直到读中学时，我们才开始于同一所学校读书。

那时候，我们就读的中学里有"家政"这样一门课程。家政班的授课只针对中学一年级到三年级的女生，而内容基本上就是教学生如何煮饭、缝艺等。

到我已经读中四时，学校才有了这一课程，于是我未能有机会感受，而年纪较小的十妹恰好赶上了。

于是，每个礼拜到了上家政课的时候，十妹都会学习如何烹饪新菜式，通常老师会让她们将自己在课堂上做好的"作业"带回去食用。

但十妹从来不会一人独享，我们那时是走读，每天中午都会回家吃饭，于是十妹就将在家政课上做好的菜带回家，等我到家了，我们一起分享。你看，明明家中她年纪最小，却最令我窝心。

成年后的十妹，一样令人窝心。她是个事业心很强的人，并不想因为生了孩子就成为全职太太，而是希望能够与自己的伴侣一样，一起为这个小家努力，为彼此、为子女提供更好的生活条件。

而我，当时处于休息状态，多年未曾拍戏。身为家人，我本有责任为任何一人分担，这才决定暂时替妹妹照顾筠筠。妹妹当然对我非常放心，同时，她也万分感激。

可是十妹也有顾虑，坦白讲，她的担心并不多余，因为一旦我替她照顾筠筠，可能在其他人看来，会认为她不是个负责的母亲。

我安慰她："我们自己一家人的事情，何必在意旁人的看法？当然了，你想的也没有错，别人可能会觉得即便你要出去工作，但还有爷爷奶奶可以照顾啊。那你有没有想过，爷爷奶奶是长辈，能够照顾，那么，我作为筠筠的姨妈，同样是长辈，这有什么不妥的吗？"

至此，十妹才放心将筠筠交由我照顾，坦然开始了工作。

我和十妹的关系，因为筠筠而变得更为亲密；但也是因为筠筠，曾经有过一小段误会。不过还好，这段误会最终得以化解。

筠筠跟我生活了几年，快要读书时，才回到自己家里。因为与我待的时间比较久，所以一开始，筠筠与爸妈的关系不算太亲密。

最初，我并未意识到这一点，甚至有些时候，我讲一些话的语气，未曾太过考虑十妹的感受，更忽略了十妹才是筠筠的妈妈。等我意识到这些时，我便开始一点一点地调整自己的心态，并且时刻提醒自己要懂得拿捏好分寸。

因为，有时候，即便是关系再亲密的亲人，也不能因此而丢了分寸感。

还好，筠筠乖巧懂事，回到父母身边之后，没过多久就与他们关系亲密了起来。

经过一番自我调整之后，我自觉改变了不少，在心里，我依然把筠筠视为自己的女儿，但是同时也懂得——凡事终须保持边界感。

现在，有时候筠筠不听父母的话时，与我感情极好的十妹反而会打电话给我："你是她姨妈，我说不动她，你来帮我解决一下这个问题。"

一个是我妹妹，抛出的问题我需帮忙解决；一个是我外甥女，她有什么心里话，我自然要帮忙转达。手心手背都是肉，我怎么会舍得令任何一个受委屈?

011

这就是我的家，这就是我的家人。我们这样陪伴彼此多年，在往后的人生里，也仍将继续下去。

自出生到成长至今，我从家人身上得到的东西，实在太多，是他们给了我足够多的力量，让我有勇气面对一切。虽然我的家人都有着东方人特有的含蓄，甚至也从不会说"我爱你""我想你""我关心你"这样的话语，但是，在过往的漫长岁月中，他们无一不在用自己的实际行动证明着所有的一切。

我想，所谓大爱无声，就是这个意思。

一直以来，我都有一个小小的愿望。我希望，我们这些兄弟姐妹的下一代，能够秉承我们这一代人之间的感情，能够同我们一样好。

于我，仅此就是最好，已经足够了。

白日梦

青春年少，正是发梦的好时节。

处于对未来人生充满幻想的年纪，似乎每个人都曾有过多个幻想，今日想做艺术家，明天想做救护员。听起来有些不切实际，但实际上，正是这些看似不切实际的白日梦，构成了一种希望和内心的笃定，从而帮我们更加踏实筑梦。

筠筠还小，但也到了发梦的年纪。

有一段时间，电视台播放的某部电视剧，讲的是救护员这个职业的故事。筠筠也有收看，有一天她跟我聊起来关于未来职业的想法，筠筠说："姨妈，我将来想做一名救护员。"

我问筠筠："为什么想要做救护员呢？"

筠筠不假思索地告诉我："因为他们救死扶伤，很伟大，所以我希望自己将来能成为一名救护员。"

小小年纪，却懂得伟大二字，并且希望自己将来能身体力行，我听后觉得这一梦想很好，于是就告诉她："的确，做救护员是一件很棒的事，能够帮助别人脱离苦痛。但是，筠筠你必须知道，想要成为一名合格的救护员，不是靠想就能达成的。你得具备专业素养，学习很多关于救护的知识。"

筠筠的眼睛闪闪发光，很快又有些惆怅地说："但是妈妈不希望我当救护员。"

我确实好奇，问她："原因呢？"

筠筠回答我："妈妈觉得做救护员不好。"

人人想法不同，但我又多少能理解妹妹的这一想法，为人父母难免都会希望自己的子女能落得一个清闲的工作。但我持有不同的想法，在我看来，身为家长，在听到孩子说自己将来希望成为什么样的人时，我们首先要做的也许是倾听，然后是支持。虽然孩子年纪还小，未来也有诸多不确定因素，但家人的支持非常重要。因为家人的支持，往往更利于孩子树立目标，从而为此事付出努力。

很多人觉得，小孩子的梦想总是变来变去的。但是回过头来想，谁在成长过程中的梦想不是一直变来变去呢？孩子对未来的职业抱有幻想，从不是一件坏事，而他们需要的，也只是父母的支持。

我既理解妹妹，又理解筠筠，于是也只能安抚她："也许妈妈有自己的原因呢？"

真回忆起来，我唯一能够想起的少年时与白日梦相关的事件，大概就是读书时，在那个尚且懵懂的年纪，曾偷偷喜欢上一个人，未曾鼓足勇气表白，但心中百转千回，幻想与对方恋爱，以及未来人生如何。除此之外，再无其他。

但我身边的人不同，多数人都对未来充满期待与好奇，关于成人之后从事什么样的工作，会遇到什么样的人，如此种种。而我，对于未来，似乎从未有过太长远的规划。

我的人生虽不能说是见步行步，但确实未曾好好梳理与规划过。青春期里唯一明确的计划就是将书读好，对成绩这一项有自己的坚持与执着，但也仅限于此。

身边有人成绩不错，早早就做了出国留学的打算，问到我是否有同样想法的时候，我略微有些茫然，我向来只想着读好书，未曾想过出国留学这件事。

人生四平八稳，用功念书，顺利毕业。

我自认为是好运气的人，大概与自身经历有关，所以才会得此结论。就比如说，临近毕业，大家都在面临找工作的问题，我也一样。记得尤其清楚，有一天学校举行毕业游泳比赛，我没有参加，而是和几个同学一同坐在观众席观看，闲聊时，一阵风吹来一张报纸，我随手将它捡起，就这样意外看到了航空公司在上面发布的招聘信息。

结果就是，在众多应聘人选里，我成为正式入职的一个，顺利与航空公司签约，成为一名空姐。

003

有一点，我始终深信不疑。只要你心中所想的，即使在旁人看来是不切实际的白日梦，一旦付出足够努力，就会有所得，有所成就。

但做梦也应心中有度。

我有一个认识多年的朋友，认识多少年，她心中的梦想就有多少年未变，少有她这样能够长久坚持的人。她的梦想就是嫁人结婚，做新娘。关于婚礼现场应该如何布置，自己身着的白纱裙应该如何，这些未发生的事，在她的心中都是已经规划好的。

她拍过两次拖，并不成功，未能如愿步入婚姻。我原以为她会暂时停下脚步，认真思考自己到底想要与什么样的人相守后半生，却意外接到了她的消息。

她要结婚了，通知我去参加婚礼。

朋友多年心愿眼看成真，我自然为她感到高兴。但内心又隐隐有所不安，我在想，她应该不会是为了嫁人而嫁人吧？

身处婚礼现场，这一念头也就随之被淡忘，压在心底。心中只有祝福，愿她能一直如此幸福下去，日日皆可如今日笑靥如花。

可惜这段婚姻到底没有能维持太久，他们二人闪电速度结婚，又闪电速度离婚。

我未曾特别去追问分开的真相，但在某次私下里约会的交谈中，她这样跟我讲："其实，结婚完全是为了达成自己多年来的心愿，觉得时间差不多到了，这个人也不差，于是就理所当然地结婚了。"

我向来不喜欢对他人的事评价太多，因为个人主观意识太强，即使是挚友，也不清楚对方在一段关系中到底经历了什么。我能做的，也只有陪伴，好让她知道，无论发生什么，还有人可以依靠与倾诉。

我却也因此从她身上得来一个经验：做梦无碍，但需有度。若是心中无度，不仅会伤害到自己，同时，也会伤及他人。

一个合格的白日梦，理应如此，它是人生的推动器，而不该成为一种破坏力。有梦是好事，但如何把握，全凭自己。

004

小孩子成长速度之快，让人措手不及，在我看来，筠筠牙牙学语似乎还是昨日的事，今日再看，她已是十岁的大姑娘了。为人长辈，总希望她能长得慢一些，再慢一些，这样也就能看足她成长。

前段时间和筠筠闲聊，她告诉我："姨妈，我将来想做女警。"

是人都善变，梦想更是这样。我看着筠筠，跟她说："非常好呀，想要做女警很了不起，但是要学习擒拿技巧，因为在出任务的时候，稍微不留神，就会受伤。想要做女警没问题，但是一定要保护好自己。只有先保护好自己，才能保护好他人。"

听我这样讲，筠筠若有所思，将头点了又点。

筠筠知道我是演艺从业者，对于我的工作动态，平时也都会有所关注。有一次我问她："怎么样，关于将来的人生打算，最近又有什么新想法？"

她看了我一眼，答道："我觉得当演员也不错。"

"确实，做演员也不错啊！说不定到时候还能和姨妈一起演戏！你要加油啦！"说完之后，我们两人坐在沙发上，一起哈哈大笑。

我从不会取笑筠筠不断变换自己的梦想，亦是如此对待他人。不管是谁，有梦从来都是一件好事，人生目标因此变得清晰，也就多了几分动力。哪怕身处低潮时，自我修复能力似乎也会因此加持。

身为过来人，我完全明白，当自己提出一个在别人看来可能是多么不切实际的梦时，其实内心真正的需求，从来不是被打击与否定，他们的初衷与想法往往很简单，从来都只是希望能够听到一声支持，他们所要的，也不过是一句"加油"。

追梦不易，即使失败了，也无须气馁。一次不成，不如另择新的目标。

梦想虽会变，但不变的，是你所付出的行动力、意志力，与改变自己的动力。而这原本就是让梦想萌生的根本原因。

好朋友

001

《女人俱乐部》这部戏播出之后，一度在香港引发了一种现象。

也许是因为电视剧里讲述的是女性之间友谊的缘故，令不少人都能够产生共情。所以，剧终之后，有不少人都与自己多年未曾联系的好友，重新恢复了联络与交往。

剧情虽为虚构，却能够让人们在观看后有所启发，这到底是好事一件。

与大多数人相比，我可能算得上是异类。因为曾经的朋友，到如今仍继续保持联络的，实在是很少。

在过往的人生中，有位好友曾经占据重要地位。

好友见证过我早前人生里的某些重要节点，同时，也是那个在我有所顾虑、拿捏不定时，为我分析，促使我往前一步的人。

之所以说"曾经"，主要是当时的通信工具远不如当下发达，我们两人因此曾失去联络数年。后来的我们又开始各自忙于自己的工作和生活，已经很多年没有深入聊天了。但那份记忆，永远不会被抹掉。

好友是个极具智慧的人，我们相处愉快，基本少有争执，印象中似乎只有一次。

《妖兽都市》拍摄结束后，电影上映在即，公司安排了一系列的宣传活动。而我一早就决定工作结束后要外出度假。所以，电影公司虽然安排了宣传活动，但都被我推掉了。

好友听闻此事后极为生气，说我："你真是傻，竟然不想要这么一个大好的机会？作为一个新人，电影马上就要上映，电影公司安排了这么多的宣传活动，这是不可多得的机会啊！只要你去参加宣传活动，到时候就会有更多人知道你啊！"

我呢，未曾如好友一样想得周全，拍摄完成后觉得疲惫不堪，只想去享受假期，以此放松一下。我同好友讲："可是我一早就安排好了！宣传的事情，以后肯定还有，将来再做也不迟呀！"

听我讲完，好友大怒，我们两人为了这件事大吵一架。好友不理解我的决定，而我觉得对方作为朋友不够体谅。回过头再看当年，才明白好友的用心良苦。

可惜当时不懂，看见好友生气，我也不怎么高兴。

002

　　刚拍戏的时候，因为自己是十足的新人，对于诸多行业内的专业术语，几乎完全不懂。那时我总担心，自己的不专业会为剧组其他的工作人员带来负担，成为累赘。所以，时常会有情绪，同时陪伴在侧的是无尽的迷茫。

　　好友是个很好的倾听者。身在剧组，收工后往往都已经很晚了。而我当时迫切需要倾诉，也希望能从好友那里得到一些建议，于是，某次结束工作后，我第一时间便给好友打了一通电话。

　　好友脾气不错，并没有因为时间太晚而生气，而是耐心听我倾诉，等我倾诉完了，好友便会对我所产生的情绪进行分析，再到开解。

　　我从航空公司离职后，又恰逢失恋，当时心中只有一个想法，换一个环境生活一段时间。碰巧，新戏要去银川拍摄四个月，于是我欣然前往。

　　那个年代，还未有能够方便携带的 CD 机、MP3，人们最常用的是录音带。好友特地买来几盒录音带，都是我平时最喜欢听的歌。好友知道剧组工作烦琐，又要离开香港四个月之久，身在异乡，在任何时候能听上几首自己喜欢的流行歌曲，也算是一种慰藉。

　　好友的这一举动，让我特别感动，只有真心将我视为知己好友，才能想到如此微小的部分。

003

收到《女人俱乐部》发出的邀约时，我内心无比纠结。原因非常简单，我休息了一段足够长的时间，而长期的休息，让我内心滋生出一股前所未有的恐慌来，会觉得害怕，没有任何缘由。

一位蔡姓好友做了一件事，成功安抚并鼓励了我。

他在日常闲暇之余，以百张纸条特别做了一本小册子。册子里收录的内容，是我的这位好友亲手写的加油打气的话，每一张纸上都有三四句。

完成这一手工之后，他送给了我，非常郑重地跟我说："这是我自己做的小册子，里面的话也都是我自己想的。你每天得空，可以随便翻一翻，应该会有所帮助。"

册子里，好友手写的内容为何呢？

我至今仍清晰记得其中一条：永远不要在意别人的看法，最重要的是，先过了自己这一关，凡事要对得起自己。

字句简短，但铿锵有力。坦白讲，我读完之后，如沐春风，随之而来的，是心随着这些字句宽了，那些负面的情绪好像也不再作祟了。更甚至，在这些文字的作用下，我将内心的负面情绪尽数催化成了一种动力，让我更加有勇气往前大步走去。

004

在看他准备的这一本册子时，我也重新认识了这位蔡姓朋友。

他积极生活，做事认真努力，同时，也尤其懂我，分外了解我的性格。

他知道我不是能够一心二用的人，明白我在决定做一件事之前，总是会存在诸多顾虑。但他又清楚知道，当我下定决心做一件事情时，必然会用尽全力做到最好。

他制作的这个小册子，无疑是为我加油鼓气的最好方式。

刚开始拍摄《女人俱乐部》时，我将这一册子随身携带，每当空闲之余，我都会拿出来，随意翻到任意一页，给自己增加几分动力。这让我更加笃定，不再害怕，坚信自己能做得到，并且终将交上满意答卷，不辜负他人，也不辜负自己。

一生漫长，但又仿若一瞬，似乎只是忽然之间，就行至如今。

在纷繁世界，能有幸识二三人，并且成为知心好友，此乃幸事。除了开心，心中更多的是感激。

若说遗憾，也是有的。开心的背面，总有悲伤伴随。虽如今我活得倒也自在，但难免会偶尔想起年少读书时，初入社会做空姐时所经历的一些事情。如果他们能在我的人生里，于最早的几幕中出现，兴许我能够少走一些弯路，并且我们可一路彼此相伴。

幸运的是，虽然晚了一些，但他们依然出现在我人生当中。

朋友在精不在多

001

以前，我总爱思考一个问题。

那就是，我人缘不差，为什么却不能像别人一样多几个挚友。

这一问题困扰了我很久，从学生时代就已萌芽，甚至到步入社会成为空姐之后，偶尔还会不时想起来。每一次它的出现，都在提醒着我一件事——我的人生里缺少朋友。

学生时代，如果一个人的朋友不多，那么这个人在旁人眼中宛如异类，而我当然不甘于此。我也曾试过与身边的人维持关系，试图和每一个人做真正的朋友，但世间的事，总是不尽人意。有时候，不是你主动付出真心就能换来真心。当意识到结果并非是我所期待的走向时，我退缩了。

若要说到最根本的原因，则是因为一段我本已不愿再提起的往事。那段经历，让我重新审视了朋友二字。也因此，身边的朋友相对变少了许多。

也是因为那一段经历，直接导致了我收回了迈向友谊大门的步伐，重新回到自己的小世界中。我并不觉得孤独，甚至还从中学会了安慰自己，反复告诉自己：其实这样也不错，生活简单，没有太多烦琐规则，无须为迎合他人而改变自己。

如此一想，倒也自得其乐了。心里话不一定非要讲出来，记在日记中也是一个不错的方法。而凡事需要做抉择时，均可以自己的意见为准，这一点，对于锻炼个人的独立自主意识，尤为奏效。

但，归根结底，生而为人，不可能真的没有朋友。

002

很多人都有一个误解，他们会认为，做空姐是极容易交到很多不同朋友的人。但实际上呢，现实并非如同大家所想，更甚至与大家所想的完全相反。

应聘成功之后，我与航空公司签约，正式成为航空公司的一员。合约签署生效之后，随之而来的就是大家一起去做职业培训，每天像上班一样，早上九点钟到下午五点钟，一周六天。经过一个半月训练之后，大家被分到不同航线。

我当时所属的航空公司，旗下有四千多名空服人员。同一组人可以被编排至同一航班的机会不高，比如与我曾交好的一位同事，可能我们两个今天一起飞了一个航班，但等到下次两人再见面的时候，已经是一年之后了。这中间，我们甚至连碰面的机会都没有。

以至于我与自己的同行也不过都是点头之交，想要成为知心好友的概率，微乎其微。

休息日，回到家中和妈妈闲聊时，我跟她讲了自己的困扰："不知道为什么，每次主动想要与人交朋友的时候，总觉得别人并无此意，没有将彼此的关系再进一步的意思。这样看来，我是不是很失败？"

未曾向她说起的是，历经几次失败之后，我变了，更加确定不必主动去与人建立关系。

每个妈妈都是一个哲学家。妈妈告诉我："人与人之间的关系，都是讲究缘分的。即使成不了朋友，点头之交也不错啊。"

听到妈妈的这一席话，我忽然看开了。君子之交淡如水，成不了朋友，泛泛之交倒也不错。

003

可能是习惯所致，又兴许是行业的特殊性使然。进入演艺圈之后，我结交挚友的机会不多，一部电影或一部电视连续剧，将天南海北的人会集到一起，但那时也没有手机可以交换彼此的联系方式，于是，常常都是拍摄完毕之后，大家各自又回归到自己的生活当中。

休整的那几年，我鲜少再有机会与演艺圈内的人士互动。但也是因为休整的缘故,得以结识了一些圈外好友。

最让我觉得舒服的是,他们知道我之前拍过的戏,但接触时并不会就此多抬高我几分,而是与其他朋友一视同仁。因为性格投契聊得来,随着接触时间的不断增加,我们成了好友,生活中也对彼此格外关照。

兴许是年纪增长的缘故,又或这几年与这些朋友相处的原因。我的思想也产生了一些细微的变化,从朋友那里学来的一个道理就是:人与人之间是互相的,就像照镜子一样,你如何待别人,别人也如何待你。

朋友二字好写,简单几笔,但想要合格,其实也难。对我来讲,最重要的是做到两点:可分享欢喜小事,愿聆听日常焦虑。

你看,如此看来,年岁增长从不是一件坏事,反而应当心存感激。时间翻云覆雨,以己为例,就能发现,从前与当下简单对比一下,已然悄悄发生了变化,看问题也变得更全面了。

004

如果说,我以前的人生是封闭的,那么,后来的我真的打开了一些。

以前和朋友相约吃饭,每次确定行程前,我总会问同一个问题:"都有谁来?"爸爸去世之后,每逢朋友发起吃饭的邀请,往往我都是直接奔赴现场,身边坐着的人是谁,也都无所谓。

亲人去世,痛苦之后,让人产生深度思考。我开始渐渐明白,人与人之间所能相处的时间是有限的，见一次则减少一次。而真正让我彻底打开，对友情的看法产生巨大改变的，是从拍完《女人俱乐部》之后。电视剧《女人俱乐部》的故事已于剧中完结，属于我们的友谊却持续下来。

拍摄结束之后，我与李丽珍、陈慧珊、袁洁莹、江欣燕、张慧仪等人成为好友。我们私底下有一个讨论群组，逢年过节时，群内总是祝福不断，而那些说出口的，都是带着友情的希望，是一种真实寄托。

直到现在，每隔一段时间，我们就会相约一起小聚。有时，监制和两位编剧得空的话，也会加入我们。

而聚会的谈话内容，从来都无关其他，只聊生活本身。每一次的聚会中，风花雪月从来未曾做过点缀，单纯谈笑最为纯粹，也最为难得。

005

一生很长，长到我曾以为自己将注定孤独，势必不会结识太多朋友。一生又很短，短到与朋友结识之后，觉得相见恨晚。

朋友不多，个个够"精"就已足够，大可不必去计算数量多少。与我相遇相守的朋友们，每一个人都独一无二，都在扮演着不同的角色。

当我面临人生的多重选择时，有人挺身而出，为我指明方向；

当我偶感悲伤，失落情绪出现时，有人毫不吝啬，借我以臂膀；

当我打破自我局限，走出条条框框，是他们在为我鼓掌。

叛逆期

平常我外出工作的时候，去健身房就变成了一件奢侈的事。所以，每次外出工作，我都会携带一些简便的健身器材，虽然简陋了一些，但是并不影响运动本身。

因为之前有超过二十年的恒常训练的基础，再加上在外出工作的时间里坚持不断运动，我锻炼出了六块腹肌，这也算是小小的意外惊喜。

以前，有不少人会向我询问一些关于健身的技巧与锻炼方式。于是我开始录制一些视频，断断续续将它们发布到了网上。

我向来乐于分享，而将自己所学的知识与内容，通过视频或是文字传播出去，惠及他人，也算得上是交流方式的一种。同时，也可以借此机会，向他人取经，接触和尝试新的锻炼方法。

之所以如此悠闲，能做诸多琐事，是因为恰好工作相应减少了一些，于是我也就有了更多的时间来陪伴家人。

和妈妈聊天的时候，意外得知她竟然注册了微博，并且一直默默地关注着我。我这才意识到，为什么每次发布一条新内容之后，她总能刚好与我聊到这一话题。

我跟她说："其实你每次看完可以直接发布评论，不必总是每次当面发表意见和看法。而且呢，这样做还有一个好处，就是我的影迷们也可以看到你的评论，说不定你的一些话能够对一些人起到帮助作用。"

妈妈只笑笑，并未说话。

默默陪伴，对于诸多事情只发表自己看法，却从不左右我的决定，这就是我妈。虽然有时候我会觉得她有些啰唆，但我知道，啰唆的背后，是爱。

002

妈妈也有雷厉风行的时候，但要看用在什么地方。

我的叛逆期来得比他人要晚一些，甚至可以说几乎没有经历过叛逆期。若真要说到曾经做过的出格的事，大概也有一件，那就是，我是经历过早恋的人。

十七岁的时候，我有过一个拍拖对象。每个星期天，我们两人都会外出约会，其实也无处可去，无非就是沿着河边走一走。但那时年少，总觉得两个人相处的时间是短暂的，于是每次约会

214

结束回到家中时，时间已经很晚了。

妈妈并没有像其他父母那样，觉得早恋不好而来干涉。她更为关注的是，每次一到周末我就回家很晚。为此，妈妈找我谈了很久。她的要求很简单："再晚也不能超过十二点钟才回家。"

那之后的周末，我仍旧会去约会，但回家的时间会严格按照与妈妈约定的时间节点。

早恋未遭反对，在青春大事记里可以记上一笔。但凡事不可能完满，也是有遗憾的。那就是，因为当时自己只顾着拍拖，耽误了学业，成绩直线下降。

回头再看，身为一个学生，首要任务还是要将分内的事做好，那就是学习。

恋爱固然不错，让人觉得甜蜜加倍，可到底，有时甜蜜也会让人分心分神。恋爱无须考试，升学却要看成绩。

003

我身边有一个朋友，他很早就进入演艺圈了。

朋友之间，闲聊是常有的事。我非常喜欢听他跟我分享自己过往的人生经历与经验，真要说一个原因，大概是因为我觉得在他身上发生的一切，都让我觉得匪夷所思、不可思议。

我们两个人的人生走向是完全相反的。我是未曾有过叛逆期，而他的叛逆期则相对时间较长。

人总是如此，面对自己缺失的东西，难免会抱有羡慕的态度。

有一次聊天结束后，我跟他说："其实我挺羡慕你的，因为这些发生在你身上的事情，我几乎一件都没有经历过。"

他看着我，一本正经地问道："所以，你是打算现在去做一些叛逆的事，来弥补青春期的遗憾吗？"

我连连摆手："那倒不至于，我只是羡慕而已。"

说羡慕，是内心的真实想法。那些发生在别人身上的，看似不可思议的事情，在我的青春期里，是空白的一段。也因此，羡慕之余，又会觉得略略有些遗憾。因为这样特别的一段回忆，我未曾经历，也不曾拥有。

当然有必要解释一下，我所理解的叛逆期，所做的决定与所做的事，都要建立在不伤害他人的情况下。如此情境下，只要不出格，偶尔叛逆一下，似乎也无妨。

多年后，当我们回过头，再看这些发生在青春期里，看似匪夷所思、离经叛道的事，你会发现，它已经成为人生里一段珍贵的回忆。往往等到意识到这些时，青春已经远去了。

我常常感慨，感慨时间似乎只一瞬，更迭速度快到让我未能来得及在纯真年代里叛逆一次；也感慨时间又似乎足够漫长，漫长到让我看足了筠筠的成长。

筠筠长大了，不再是依偎在我怀中的小小婴儿。她开始变得有主见，凡事都有自己的想法与看法，距离叛逆期也只有一步之遥，大门就在眼前，只待她双手轻轻推开。

筠筠啊，世界复杂，从心就够了。对于自己想去做的任何事，只要不出格，且去尝试，这是人生赋予你的有期特权，你当好好享受。

除了读好书，还要做好这件事

001

最近，因为写书，我难免将时针拨回以前，像是一个旁观者看电影一般，重温了发生在自己身上的前尘往事。

关于少年时代的记忆，除了读书还是读书。除此之外，其他的事情乏善可陈，于是徒增了一些遗憾。我会后悔，因为当时的一些经历，导致自己的人生里缺失了一部分内容，对自己产生了极大的影响，乃至影响了整个性格的形成。

还在读小学时，我身边并不缺少朋友。同学都是自读一年级时就在一个班级，一直持续到小学毕业。六年时光，让我结交了六位好友，我们几个女孩子感情尤其深厚。与班级上的男生，也都相处尚可。

在班级里，我算得上是一个活跃分子，组织同学一起游戏，积极参加学校举办的各类活动。无论做什么事，都是冲锋陷阵，排在头一位。

还记得当时临近毕业典礼的时候，姐姐替我们编了一支民俗土风舞。我们也分外重视此事，毕竟要上台在全校师生面前表演。为此，我们还特地做了统一的半截蓬蓬裙。

毕业典礼上，我们大放异彩，获得了大家的掌声。而我们几个却在为接下来的事情欢喜雀跃。

随着典礼的结束，我们的小学时光也结束了。表演完之后，我们一同去了游乐场，享受着不再受学习与作业约束的片刻欢愉，玩了半天才回到家中。

虽然此事已经过去很久，但每当我想到人生中的这一天，都会有微笑挂在嘴角。我的小学时光平淡无奇，但与后来的经历相比，带着奇异的温暖和治愈的光。

002

上中学之后，这种奇异的温暖随之消失了。而我整个人的性格，也发生了极大的改变。

当时，我所就读的中学，是一所极力推崇讲普通话的中学。虽然非常想学习普通话，但那时候的我还未曾正式学过，问题也就随之而来。

以前的同学与朋友不在身边，更为关键的是，在这所学校里，所有关于中文教学的科目都要用普通话授课。而我，在入这所学校之前一直讲粤语，根本不会讲普通话，甚至连基础的听力都不具备。

头半年上课的时候，老师在讲台上授课，台下的我连基本的理解都做不到。

唯一令人欣慰的是交了三个好友。但是一想到连学习成绩都提升不上去，也就连维持友情的动力都没有了。

中学第一次考试试卷发放下来时，我整个人备受打击。试卷几乎都是红色的叉号，每一科目的成绩都不及格。

要知道，先前读小学时，我成绩不错，从未经历过这样的事情。一下子，我整个人都有些蒙了，当时大脑一片空白，反复问自己：你这段时间，到底每天都来学校做什么呢？

命运给了我两个消息，一个是好消息，一个是坏消息。先听到的，当然是好消息。坏消息，紧随其后。

003

好消息是，那一学期结束之后，我们要搬家了，搬家之后自然要换学校。

人生的诸多安排，往往出其不意，让人措手不及，那时我就体会到了。原以为会转到另外一所我熟悉的语言环境的学校，但没想到的是，新学校竟是我先前就读中学的分校。没办法，只能跟妈妈一起去了。

那天，妈妈带着我去分校见校长。校长接过我的成绩表，只看一眼，就直接拒绝了，很客气地讲了一句："对不起，我们不能收她。"

那一刻，说不受打击，是假的。我原本只是想要转校，却突然间觉得自己就像是商场货架上的商品，任人挑选，自己没有决定的可能。

最终，多亏了一个校工让我得以成功入校。说是校工，其实他真实的身份是校长助理。

他看到我和妈妈，在了解了事情的来龙去脉后，诚恳地同我妈妈讲："我看她这么有礼貌，不像是贪玩的孩子，读书肯定也不会太差。不如这样，我去跟校长说说情。"

没过多久，他告诉我们："可以准备入学了。"

从担心不能入学，到出现转机可以正常进入学校。那一刻，我的整个人生都发生了变化。

他人相助，无以为报，唯有不辜负他们对我的信任和给予的机会，我将全部重心都放在了用功学习上。

004

因为是插班生，缺少的不只是半年的课程，还有与同班同学的相处。也因此，刚转学那阵子，我基本上是没有朋友的，唯一相对交好亲近的，是坐在我一旁的同学。

班级第一次中文默写成绩出来时，我考了一百分。发放试卷的时候，那位平日里很少注意我的中文老师突然问我："你是不是平常就会讲普通话？"

我摇摇头，一时讲不出话，过了好一阵子，我才用粤语回答了他的疑问："我完全不懂普通话，只是强迫自己完全记下来。您在台上说什么，我就按照它的发音标注上，再用课下的时间把它们全部背下来。"

我学普通话起步晚，又因从未接触过，想要学会并且精通，只能靠死记硬背。

老师微笑着点了点头。

在那次中文默写取得一百分的成绩之后，我整个人都很开心，也变得非常有动力。我希望自己不只中文默写能够拿一百分，其他的科目也都要拿到一百分。

也是因为这一次的一百分，让我整个人都变了，每天心中都是关于学习和成绩的事情，根本无心顾及其他，更不用说去主动交朋友了。

插班生交朋友说难也不难，但眼见他人都有自己的朋友圈，想要突然加入进去，还是需要花费一定的时间。

那时中午会有午餐时间，不少人都会在用餐时维持友情。而我因为学校与家的距离非常近，每日都会回家吃饭，所以也就少了很多与同学接触的机会。

当时我想，没朋友似乎也并没有什么严重影响，反正我还可以读书。整个中学读完之后，才发现这六年下来，我唯一看重的从来都只有成绩，并未得到任何一个交心的朋友。

而我也并未意识到，这对我后来的性格产生了直接影响。

在回忆中搜寻一番之后，我又想起一些事情，也因此意识到，我后来很少交朋友，不单单是因为一心只想着读好书这件事。而是因为曾经在交友这件事上有过一段不愉快的经历。

读中学四年级那年，我身边朋友不多，但是有一位被我视作知己。那时候，心中一度异常笃定地觉得，我与这个人的友情是将会维持一生的。

问题出在一堂中国文学课上，那堂课老师很快就讲完了，然后就让同学们一起开始进行讨论。

我与她为一组，两人就老师刚才提出的问题进行论证。

在讨论的过程中，我们分别说出了自己的观点和看法，发现彼此得出的论点是不同的。讨论原本就是基于对文学的看法，仅此而已，并不要求每个人的观点都完全相同。当时我还在心中感慨文学的魅力，不同的人会持有不同的见地。

让我未曾预料到的是，到了第二天，我们像往常一样上学的时候，她对我完全视而不见，就好像她从未认识过我一样。那一天，我整个人的情绪都非常低落，尤其是一想到现在对我视而不见的人是我唯一仅有的朋友，眼泪就不停地掉落下来。

最为离谱的是，为此，我生平第一次翘课。一个人去了公园，坐在长椅上，心情郁闷。看经过的人群，我心情低落；看天上的流云，我心情低落。整整一天，整个人都完全打不起精神来，直到天黑了，才起身回家。

大概是因为她知道了我逃学的原因，第二天上学的时候，她忽然又像往常一样与我打招呼。对此，我万分不解，没忍住问她："你昨天为什么要那样对我？"

对于我的提问，她闭口不谈。

可我迫切想听到她的答案，又问："是不是因为我们前天讨论文学意见不同这件事？"

她这才回答我："完全不是，你多想了。那个讨论只是我们学习的过程，怎么会影响我们两个人之间的友情。"

她避重就轻，如此轻巧地结束了这一话题，未曾给过我一个真正的答案。但我，也没有再去追问。

又隔了一段时间，早不记得聊到什么了，又说到那件事情时，她突然给了我另一个答案。她说："我那个时候之所以不理你，其实是因为听了别人说的关于你的是非。也怪我，当时没有辨别能力，竟然相信了，所以就一整天没有搭理你。"

是真是假，答案只她一人知道，我是不知情的那一个。

只是即便多年过去了，我心中因此而产生的那个疑虑仍在。我至今都未能想明白，为什么人会无缘无故多出一个朋友，为什么人会对非常好的朋友产生依赖，又是为什么对方可以无缘无故就对你视而不见。

有很长一段时间，因为此事，我不敢交朋友，心中充满担忧和恐惧。只怕一片真心，换来的只是难过。

在航空公司工作的时候，我也遇到过类似的事。

那时候，我们有一个航班需要离家外出十四天。当时与我一起工作的是位迟我几个月入职的新人。十四天相处下来，我们两人工作合拍，日常相处也未曾发生半点争执，彼此都觉得很开心。当时我就在心中想，这个人是可以做朋友的。

工作结束之后，我们一起回到了香港。

航空公司里，每个人的航班工作表都是公开透明的，所以我也会留意她的上班时间。

有几次，我看到她休息的时间刚好与我一样，就主动跟她联系："什么时候放假啊？要不要大家一起出来聚一下。"

但是，每一次面对我的邀约，她都会找借口推托掉。

在她的多次拒绝之后，我开始意识到，她好像只是短暂地把我当成了朋友，以此来打发十四天漫长的工作时间，好让自己不那么无聊。成为朋友，只是我一个人的希望而已。

虽然有过类似的经历，但当我受打击时，依旧会为此伤心伤神。

自此，在交友方面，我又多出了几分戒备的心理。对于身边的陌生人，我依旧保持友善；大家一起交流，我也能够侃侃而谈。但若涉及两个人的关系会否再深入一些，我的戒备心就会出现了。

熟悉你的，知道你是因为一些不愉快的经历所致；不了解你的，只觉得你这个人看上去有些冷漠。

刚开始拍戏的时候，因为工作的关系，我遇到过一个记者。

他从业多年，经验丰富。当时，我们两人在聊天的时候，他突然看着我，语重心长地说："你要小心。"

聊天是一个人了解另外一个人的最佳途径。一次谈话下来，像他这样的资深从业者，很快就能了解到与他对谈的人性格如何。他大概发现了我性格里的一些弱点，也推断出我非常容易相信别人。

面对他的忠告，我当时不甚理解，问他："为什么要我小心？小心什么？"

他说："你觉得，我们做记者的，是从哪里得来那么多关于圈内的消息呢？"

我摇摇头，一脸认真看着他。

他笑笑，接着说道："很多话我不能说太明白。但你记住要小心一些，不要太过于相信别人，也不用过于交心，因为你不知道自己会被什么人出卖。"

在刚入行的那些年，我一直都将这段对话谨记在心。也时刻会提醒自己，不可与人太过交心，不妄谈他人是非，只需踏踏实实做好自己演员分内的工作。

但随着年龄的增长，经历诸多事件之后，这几年我反而与从前不同了。

我开始尝试，并且享受去结识新朋友这件事。尤其是拍完《女人俱乐部》之后，几乎全员都成为好友。大家都很真诚，随时都保持着联系，遇到问题时，也会打电话共同讨论。

我变了。

变得讨厌时刻保持戒备心生活，变得不那么害怕了，变得想去结交更多的朋友，变得更加享受交友这件事。

少年经历影响之深，我深有体会，甚至连身边的朋友，都来得相对要比别人晚一些。若说要我给别人一个谏言，我可能会说：书确实要读好，但也要去多交朋友。

不必害怕伤害，是因它是人生必经之路，谁都不可躲避。而朋友，是当你受伤时，能够给你温暖的人。

追星

前段时间，有人发来了这样一条评论，吸引了我的注意：因为有抑郁症，加上最近事业不顺，整个人的心态和状态都处于崩溃边缘，每天晚上都会失眠，整个人痛苦不堪。

是人都有低潮期，但如何走过来，还需个人努力。而在此阶段的鼓励与陪伴，或多或少，能起到一些作用。

仔细思考了一下后，我在那一条评论下面回复：人生总有高峰和低谷，否则不能称得上人生。当自己处在低谷、气馁的时候，想想世界的那一端，可能比你情况更不堪的，也大有人在。一定要加油，等到熬过这段时间，我相信你会为自己感到自豪，因为你的内心已经足够强大了。

让我更加感到欣慰的是，在这条评论下方，有不少陌生的关注者留言，分享自己身处低潮时是如何度过的。文字虽短，但其传达的力量是不可估计的。

每当类似这样的事情发生时，我都会心存感激，觉得大家因我而相识，虽然是陌生人，但是又有一种天然的熟悉感。人生所经历的每个时刻，总能有人一起分享、分担。

002

我少年时期喜欢过一些演员，可也仅限于喜欢而已，未曾追过星。

还在读书的时候，身边也几乎很少有人追星。倒是有一个同学，当时分外喜欢一位歌手，也因此收集了那位歌手所有的唱片与相片之类的东西。但也只是如此默默收集，并没有想过要去做接机和看演唱会的事情。

当时我一门心思钻在学习上，只想着如何才能提升成绩，其他事情对我来讲，都是排在学习之后的。精力有限，学习第一。

真正对追星这件事有所感触，要从我开始做演员之后说起。

以前，通信远不如现在发达，各类社交平台尚未出现。大家喜欢一个演员，最为常见的联络方式是写信寄到演员所属的经纪公司。

每次收到来自天南海北的信件时，我都会分外高兴。每封盖上邮戳寄来的信件，我都会看，虽无法一一做回信处理，但是写信人的心情与表达，我均在看信件时一一接收到了。

我不觉得做此事就是犯傻的一种表现，是因为始终相信，在他们提笔写信的那一刻，他们绝对真诚，并且是出自真心。

　　而真心，本不该被辜负。

003

　　在一众来信里，有一封信件让我印象深刻。

　　曾经有位非常喜欢我拍摄的电影的影迷朋友，给我写过一封信。与旁人一样，他在信中表达了对我过往作品的喜爱，同时也有对我未来作品的期待。在信中，他也提及了自己因为患病，将要进行手术的事情。

　　他在信件的结尾问我："如果可以，我有一个小小的请求，那就是，你是否能够回信给我。虽然唐突，但我觉得，如果你能回信给我，对我将会是莫大安慰，我一定会带着你的回信去手术室。"最后，他还郑重附上了自己的收信地址。

　　看完这封信件之后，我深受感动。不自觉地，就又想到了去银川拍戏那年，因为当时整个人的状态不佳，我给挚友写信。那种状态，我是有过的。这世上，每一封寄出的信中，都含着一份心意，或传递想念，或寻求某种力量。

　　于是，在读完信件之后，我当下立刻就找来了信纸，写了一封回信。

　　影迷们所做的事，让我印象深刻的不止一件。

　　早在二十年前，我还曾收到过一位影迷寄来的信件。为什么时间如此久远，反而还记得如此清晰呢？是因为他为我写了一首歌，并且用卡带录了下来。歌词是全英文的，作曲也是由他本人包办。当时听的时候，我心中感慨万千，作为一个演员，只是拍摄了一些影视作品，却能让如此多人喜欢，实在是一件幸事。

也有一些影迷，会在我过生日的时候，专程从外地赶到香港，只为了能参加我的生日会。我自然十分感动，但又觉得此举略有不妥。我只是一个电影电视行业的从业者，有幸能出演一些不错的角色，因此获得了一些关注，和一些人的喜欢。能被喜欢，已经是一件很了不起的事了，但是如此破费，却让我感动之余，觉得为他人带来负担。

也是因为如此，我才会一直告诉那些时刻关注我的影迷朋友：喜欢一个人也好，喜欢一个明星也好，凡事都要适度，万万不可做出不在自己能力范围内的事，也不要因此为自己的生活增添负担。

004

因为知道自己被一些人喜欢着，所以我也学会了珍惜。

这些年来，他们从我这里得到的东西，是极少的。作为一个演员，我的作品向来不多，但每一部，我都会认真对待，是因为清楚知道，除了完成分内的事情，也有人在等待检阅这一成果。

我学会了珍惜，虽未有机会和影迷经常见面，但是社交媒体平台的出现，让我们能够及时交流。也就多了一些机会，去了解他们心里面的真实想法。

我也学会了感恩。在感恩的同时，更加希望自己能多带给他们一些力量，这份力量，或许是爱自己，或许是好好生活，或许是其他。以自己的身体力行，向他们传达积极正面的人生观。

我始终相信，能量与爱都是可以互相流通的。他们在感动着我，我势必也要有所回馈。而为了这份喜欢，我可以做更多。

第一次兼职

1989 年，我还在做空姐。

一个远房亲戚在做副导演，新戏筹备时，她打来电话问我："有个角色非常适合你，有没有兴趣来试试？"

虽然当时身为空姐，但也已拍过一些广告，所以听及此，还是有些兴趣。于是，趁着休息一周的时间，进了《浪漫杀手自由人》的剧组。

在香港拍摄完成第一场戏之后，跟随剧组转场去了英国，这才碰到了身为主演的王祖贤与任达华。当时英国非常冷，可他们二位的种种表现却让我觉得十分温暖。

那时王祖贤已经拍了《倩女幽魂》，她本人却丝毫没有半点架子，待人也非常友善。

初次拍戏，我对现场大家所讲的专业术语完全不懂，像"机位""起幅"这样的字眼，我一概不知。甚至导演要求我如何走位，都有些拿捏不准，以至于每次走的位置都不太一样，还存在动作不连贯的情况。

有一场戏，是我和王祖贤在医院里完成，现在回过头来看，明明非常简单，但当时偏偏无论如何都做不好。可王祖贤并没有因为我不懂演戏而表露出半点不耐烦，而是好脾气地坐在一旁等。

收工之后，我们一起聊天，听说我是空姐，她对此非常感兴趣，问了我不少空姐工作时的小常识。而在聊天过程中，我也表露了自己的心声，我告诉她自己未曾打算做演员。

002

任达华亦是如此。人帅，幽默，且又非常照顾人。

开工时，剧组工作人员经常都会乘坐一辆巴士去往拍摄现场。有时候，他上车之后，常会逗趣说："我跟你坐，不和王祖贤坐。"我当然知道他是捉弄王祖贤，这招屡试不爽，常常惹得我和王祖贤大笑不止。

有一点，他与王祖贤极为相似，那就是对我所处的航空行业非常感兴趣，常以此为话题与我聊上许久。我也是在那个时候知道，原来华哥在拍戏之余，还喜欢拍照，当时他特地送了一张自己的签名照给我。

在英国拍戏，留下了不少难忘的回忆，其中一场让大家印象深刻。

那场戏需要骑单车，这可让我为难了，因为我完全不懂如何骑单车。剧组不少人都觉得不可思议，怎么会有人不懂如何骑单车？明明两脚一踩，蹬上就走的简单事情，竟有人不会。

这也直接对我后期产生了一些影响，那就是：人永远都要保持学习精神，因为你永远不知道，人生何时需要何种经验，且只能由你来独自应对。

在剧组待了一周的时间，我对于剧组里的行话还是一知半解，只是明白导演、副导演与服装部门工作人员所负责的事项，而对于其他岗位的工作人员的工作仍不甚了解。

一个星期之后，我客串的角色戏份拍摄结束。

拍完《浪漫杀手自由人》之后，我未曾再碰到过王祖贤，倒是某次在无线电视录节目的时候，再次遇到了华哥。

虽然许久未见，但他依旧记得我，见我时，第一句话就是："Coffee or tea？（咖啡还是茶？）"大家听到这句都会大笑，因为我从前做空姐，每日都要问乘客要喝咖啡还是茶水。

最近的一次见面，是在 2019 年的海南电影节上。我们两人再次重逢，多少年过去了，他还是如常与我打招呼，未曾有生疏感。

在海南的那一天，我们两个聊起合作的第一部戏，慨叹时间流逝如此之快。也聊到其他，最多的话题则是健身，因为华哥也喜欢健身。

003

拍完《浪漫杀手自由人》之后，我依然做空姐。

每日在空中飞来飞去，继续问乘客要喝咖啡还是茶水。

到了 1992 年，又有了一次兼职的机会。

与张学友、黎明和李嘉欣等人合作，拍摄电影《妖兽都市》。

很多人会觉得，第一次拍戏也好，第二次也好，我都是与当时正当红的演员合作。起点很好，为什么不直接去做演员呢？说实话，那时候真的没有这一想法，又或者，是缘分未到。

世间凡事讲究契机与缘分，早或者晚，都不行。凡事都需刚刚好。

004

其实，未入社会之前，我已经有了一些兼职工作的经验。

还在读中学的时候，为补贴家用，妈妈会从工厂里带回一些手工活到家中来做。

我第一次做暑期工，是在读中学三年级那年，跟着还在读中学四年级的哥哥一起去工厂。厂房距离我家有段距离，我和哥哥一早起床，就需搭乘巴士前往。

第一天的工作结束后，回去的路上因为晕车，我整个人都躺靠在哥哥的腿上，不少陌生人注视着我们，以为是偷摸拍拖的中学生。而我晕车实在过于严重，也懒得解释，只是躺在哥哥的腿上，这样会舒缓一些。

车子一到站，我就飞快跑出去，开始呕吐。当时心中只一个想法，赚钱真辛苦，所以自然更加要学会体谅与帮衬父母。

第二天，身体的不适感依然非常强烈，但还是坐上巴士，跟哥哥一起前往厂房。如此坚持了一段时间，竟然也适应下来了。每天结束工作，搭乘巴士回家的路上，虽然依旧颠簸，但更多的是内心的快乐，我也可凭借自己的能力，为家人分担压力与增加微薄收入了。如今看来，克服晕车，应该也是从那个时候开始的。

因为有了这一次经验，考完中五会考后，那年暑假假期相对比较漫长。我有一个比较要好的同学，她差不多每年都会去做暑期工，于是我就跟着她一起去了一间电子厂。

电子厂内所生产的零件奇小无比，内部构造又很精细，线与线之间的连接，是否存在多出的锡点，需要多番仔细检查。一两个月之后，有一天工作时，我突然觉得眼前一直有一只蚊子在飞。我原本不以为意，但接下来的几天都是如此。

我把这件事告诉家人之后，因为姐姐患有飞蚊症，她怀疑我也跟她一样，得了这样的一种病，立刻带我去看了医生。

医生问我："这几个月都在做什么？是否存在用眼过度的情况？"

我老实回答："近来两个月都在一间电子厂做暑期工。"

医生听后，告诉我："电子厂的工作太精细，会导致用眼过度。这就导致了玻璃体产生一些混浊物，也就是我们所说的飞蚊症。"

那个时候，我也不过读中五，但这件事教会了我两个道理：第一，用力工作，但也要休息得当，身体永远是本钱；第二，自己开始做兼职赚钱后，更加懂得赚钱不易，要自己能力范围内消费。

不能因为自己喜欢或者想要的东西，就永远摊开手掌，让家人为自己买单。如此想来，虽然我眼睛出了些问题，但有机会明白这些深刻道理，倒也值得。

005

如今与以往不同了，社会发展迅速，生活条件与以前相比，也都好得太多了。

在教育方式上，也与以前有所不同。不少父母因为自己童年有所缺失，所以多少会对孩子宠溺一些，因为自己吃过苦，所以希望孩子的路走得平坦顺利一些。

但这又存在一个弊端：那就是孩子对金钱和责任没有概念，甚至太过依赖父母，从而导致将来步入社会时，抗压能力太差。

我自己带筠筠的这些年，一直都在秉承着两个原则：对孩子不能太过娇惯，同时不让她对任何人产生过度依赖。

我始终觉得，父母与子女来到世上一场，远不是亲情关系。更多的是，父母要教会子女成为有担当、有责任的人，在脱离父母的照顾之后，在这世界上，依然能够具备独当一面的勇气与能力。

当孩子到了一定的年纪，在适当的时候，如果条件允许，也有机会的情况下，还是需要鼓励孩子去尝试做一做兼职。不为他能够带回来多少钱，而是为了让他们清楚明白，赚钱是需要付出努力与汗水的。

如此，他们才有机会在这个过程中，懂得要花自己能力范围内可以赚取到的钱，也许能够帮助他们在未来的人生里少走错路，同时，他们也有机会学会明辨是非，更加独立自主。

关于诱惑

人生在世，谁没有遇到过诱惑？

就我个人来说，进入演艺圈之后，难免会遇到形形色色的人和事。

我曾在一次聚会上遇到了一个不是很熟的人，出于礼貌关系，人家前来攀谈，于是就认真听着，偶尔也会仔细附和上几句。

他倒也不委婉，开门见山地告诉我："我有一位朋友，想给你开一间珠宝店。"

那时我未理解这句话背后的含义，而是认真地思考了一下，回道："可是我并不懂得如何做生意呀？"

在我看来，开店不是一件简单的事情，小到选门店地址，大到如何经营生意，我的确没有过多精力可以投入其中。并且，我这个人向来简单，有一说一，完全不会去揣测对方的话语里是否还有其他意思。

那人一笑，跟我解释道："李小姐，其实你不必懂如何做生意，因为届时肯定会有专人来替你打理。你只需安心做老板就可以啦。"

听他如此说，我更加觉得这样的事根本行不通，更何况，我根本没有心思做生意。于是就冲他一笑作为回报，此事也就不了了之，对方自然再未与我谈起此事。

很久之后，偶然再想起此事，定神一想，才突然意识到，对方愿意为我开店只是一个借口，真正的目的应该另有其他。

002

前段时间，我和妈妈闲聊的时候，她才知道一个小秘密。

秘密发生在多年以前，距离现在足够久远，但是却令我此生难忘。

那时我还在读小学，父母为了生计，时常会从工厂带回一些手工艺来做，以此来解决家庭的收入问题。但我当时年纪小，还不懂得体恤家人的不易。

往往家人在忙着做手工时，我却在看电视。那时总有一些电视台的节目教人如何打扮自己，我头发又留得很长，跟着主持人学习如何编头发、做发型，是最常有的事。虽然年少，但已懂得爱美。

更夸张的时候，我会跟着电视节目里的主持人，自我进行服装搭配。夸张到什么地步呢？早中晚各换一套服装。

当时只觉得，我才读小学，衣服脏了自然是爸爸妈妈来洗干净。至于爱美，哪个小女生没有这个阶段呢？

有一天，赶上手工艺交货期。一家人都手忙脚乱，只希望能够如期交货。而我还和往常一样，坐在镜子前，跟着电视节目里的主持人，拿着梳子为自己编新鲜花样的头发，一旁还摆放着等一下要换的衣服。我眼下要做的事情很多，但都是关于自己的，并没有想过要去帮衬父母赶工。

爸爸从我身边经过的时候，看了我一眼，没好气地说了一句："看来以后也是个只知道贪慕虚荣的人！"

爸爸此生都无机会知道，这句话，影响了我一生。

003

说者无心，听者有意。

当时爸爸说完那句话之后，就又忙着赶工了，完全没有留意到我接下来的任何反应。

电视机上还在播放节目，主持人手中的头发有了新花样。而我拿着手里的梳子，心中不是滋味，最后，我将梳子放在梳妆台上，一个人回到房间里，偷偷地哭了起来。

哭的原因有二，得细细表来。

原因一，再简单不过，我实在不解，为什么跟着电视节目学着弄一下头发，搭配了一下衣服，就成了贪慕虚荣的人。

原因二，是爸爸口中的这个"也"字，得从我一个邻居的故事说起。

那时我们家有一个邻居，有不少人都时常讨论她。她每日都打扮得花枝招展，会在晚上时出门工作。人言可畏，她实际上在哪里工作，大家并不晓得。但多数人都以为，她是在歌舞厅上班。以至于别人提起她，都会附带一句——她啊，贪慕虚荣。

不少人教育自己子女时，难免会拿她为例子，时常会唠叨上几句："你将来可千万不能像她一样，要好好读书，凭自己双手去赚钱。只有靠自己真本事赚来的钱，花着才踏实。"

我年纪尚小，却也是有羞耻心的，眼界也有限，自然而然就将贪慕虚荣与之挂了钩。这是好事，凡事以此为镜，为界限，明白什么事情不可做；但也是有不好的一面，对于流言，未曾去探究。但可惜时间久远，无法弥补，算是人生一件憾事。

爸爸的那句话，如同印记，在那时便刻在了我心上——这辈子，一定不能成为一个贪慕虚荣的人。并且在心中暗暗给自己打气，我一定要证明给你们看。

这原本是爸爸随口的一句话，却被我放在心上一生之久，让我在诱惑面前未曾丢失过尊严。

这世上的确存在许多诱惑，但前提是，你能否拒绝诱惑。

你是什么样的人，你遇到的，就是什么样的人。

少年时，心智未开，许多道理也都不能全然明白，但却会因为一句话而痛哭不已。爸爸离开后，有那么几年，我一直无法放下爸爸离去给我带来的痛苦。

然而实际上，在过往的人生中，他有意无意教会我的，远远超出了我的想象。这也是我能重新振作的原因，是家人、挚友和爸爸留给我的生而为人的正确价值观。

世上有人如此爱我，为我明晰人生方向，我有足够的理由好好过下去。

爸爸，你放心吧，我已长大，我向你保证，未来的日子里，我不单会好好过，而且会，过得更好。

特别感谢

徐芮

唐苓栩

封面拍摄

达生

化妆 发型

王靖

Velvet Delphinium

Velvet Delphinium